La rama seca del cerezo

1.ª edición: abril 2021
5.ª edición: enero 2023

© Del texto: Rafael Salmerón, 2021
© De esta edición: Grupo Anaya, S. A., 2021
Juan Ignacio Luca de Tena, 15. 28027 Madrid
www.anayainfantilyjuvenil.com

Corrección de términos japoneses: Mayu Ishikawa
Diseño e ilustración de cubierta: Chema García

ISBN: 978-84-698-8595-6
Depósito legal: M-3593-2021
Impreso en España - Printed in Spain

PAPEL DE FIBRA
CERTIFICADO

Rafael Salmerón

La rama seca del cerezo

桜

XVIII PREMIO ANAYA
DE LITERATURA
INFANTIL Y JUVENIL

ANAYA

Para mi padre, que siempre creyó en mí
y en esta historia, y que no tuvo tiempo
de verla convertida en lo que ahora es.

Índice

Hiroshima
(1945)

影

Kage
(Sombra)

La cosecha de pepinos del Comandante

Masuji esperaba junto al muro de hormigón que delimitaba el pequeño huerto. Era extraño que un huerto, y más aún uno tan pequeño como aquel, estuviera tan bien protegido. Sobre todo en una ciudad en la que, excepto por unas pocas edificaciones modernas, todo estaba construido con madera. Pero aquel no era un huerto cualquiera. En aquella pequeña parcela de terreno, encajonada entre los edificios oficiales y las elegantes residencias del centro de la ciudad, crecía la cosecha de pepinos del Comandante. El Comandante del Segundo Ejército Imperial, acantonado en Hiroshima, a salvo de los continuos bombardeos que, día tras día, estaban convirtiendo Tokio y otros muchos lugares de Japón en poco más que un montón de escombros. Sin embargo, los B-29 norteamericanos parecían haberse olvidado de aquella tranquila ciudad portuaria en la costa del mar interior de Seto.

Masuji esperaba, impaciente, con la espalda apoyada en el muro de hormigón. Las grises planchas prefabricadas impedían que nadie más que el viejo Sigematsu Utada, el dueño de aquel terreno que, en esos momentos, estaba al servicio del Glorioso Ejército Imperial, se acercase, mirase siquiera, la cosecha de pepinos del Comandante. Unos pepinos que, cada mañana, recién recogidos por los callosos y huesudos dedos del anciano señor Utada, eran envueltos después en delgadas láminas de alga nori, sumergidos en salsa de soja dulce y devorados por la boca satisfecha del Comandante. Sin embargo, aquel muro de hormigón era completamente innecesario. Incluso un ligero y traslúcido parapeto de papel de origami hubiera resultado superfluo. Nadie se hubiera atrevido a tocar la cosecha de pepinos del Comandante. Nadie se hubiera atrevido siquiera a imaginar coger algo que pertenecía al Glorioso Ejército Imperial. Hubiera sido como traicionar a la patria. Hubiera sido como deshonrar a los antepasados. Un hecho a la vez tan pequeño y tan reprobable como tomar sin permiso un pétalo caído de alguno de los cerezos que crecían en los jardines del palacio del Emperador.

Masuji esperaba impaciente, con las mandíbulas apretadas, con el corazón rebosando de ansiedad, junto al muro que protegía la cosecha de pepinos del Comandante.

Largas lanzas de bambú al servicio del Emperador

Masuji esperaba ansioso la llegada de Ichiro, su compañero, su amigo del alma. Si no llegaba enseguida iba a hacérseles muy tarde. Apenas tendrían tiempo de llegar al parque Hijiyama. Apenas habría tiempo para prepararse. Y era eso, prepararse, lo que tenían, lo que debían hacer. Así lo había ordenado el Emperador. Debían prepararse para la lucha, para defender el sagrado suelo japonés. Hasta la última gota de sangre, hasta que el último de sus súbditos hubiera caído.

Era aún muy temprano, pero Masuji Utada no podía contener su impaciencia y esperaba ansioso junto al pequeño huerto donde, plácidamente, crecía, ajena por completo a la guerra que corroía los cimientos del mundo, la cosecha de pepinos del Comandante. El abuelo de Masuji, el señor Sigematsu Utada, era el encargado de cuidar los pepinos, vigilarlos, llevarlos frescos, recién recogidos, a la mesa del Comandante. Y era esa una tarea que realizaba con el mayor de los esmeros. Porque aquella sencilla y silenciosa tarea formaba parte de un todo. Y ese todo aún era capaz de sostener, precariamente, eso sí, los cimientos del mundo.

Masuji sentía como sus piernas temblaban, desbordadas en la misión de contener el furor de su cuerpo, de su espíritu de diecisiete años. Mientras temblaba, esperaba, y el recuerdo de la figura de su padre, marchando por el puente de Yokogawa que cruzaba las tranquilas aguas del río Ota camino de la Plaza Oriental de Armas, se dibujaba ante sus ojos con nitidez. Los pasos firmes, marciales, la barbilla alta, la gorra calada, el fusil al hombro, el rostro orgulloso. Una gota en aquella marea incontenible que se dirigía a barrer del sagrado suelo japonés las bárbaras hordas del invasor extranjero, camino de las playas de Okinawa, camino de la muerte.

Cuando Masuji Utada supo del fallecimiento de su padre, lo imaginó de mil maneras distintas. Y en esas mil muertes distintas la sangre de su padre fluía siempre como un pequeño riachuelo por la arena blanca de Okinawa en busca del mar, tiñendo de honor y de silencio las aguas que bañaban las costas de Japón. Y Masuji Utada, el hijo de Takashi Utada, henchía su pecho, llenándolo del aire que hasta él llevaban aquellos vientos que hablaban con orgullo del sacrificio de miles, decenas de miles, cientos de miles de personas. Y ese aire no dejaba lugar a la tristeza. Ni una sola lágrima debía ser derramada. No hasta el día después de la victoria.

Ichiro apareció de pronto, doblando la esquina de una pequeña callejuela sin importancia que, como tantas, desembocaba en la gran avenida. Al ver la figura tensa e inmóvil de Masuji, su compañero, su amigo del alma, apresuró los pasos.

—Perdóname, Masu-chan pero se me han pegado las sábanas.

—La pereza no tiene disculpa en estos tiempos —repuso Masuji con el gesto duro, pétreo.

Ichiro inclinó la cabeza, recibiendo con humildad sus palabras.

—Lo siento, no se volverá a repetir.

Sin embargo, la dureza se borró del rostro y del corazón de Masuji. No había sido más que una efímera máscara.

—Vámonos ya, Ichiro-chan, tenemos que darnos prisa —dijo golpeando cariñosamente el hombro de su amigo mientras en sus labios se dibujaba una sonrisa. Y una sonrisa se dibujó también en los labios de Ichiro.

De un rápido y ágil salto franquearon el muro de hormigón que protegía la cosecha de pepinos del Comandante. Masuji sabía que, a pesar de que muchas veces le había ayudado en las tareas del huerto, a su abuelo no le gustaba que cruzase por allí; pero aquel era el camino más corto para llegar al parque Hijiyama. Y no era tiempo lo que aquella mañana les sobraba. Disponían de poco más de una hora antes de incorporarse a los trabajos diarios de las «brigadas escolares voluntarias». Así que, con pasos largos y veloces cruzaron el pequeño sendero que dividía en dos el huerto. Afortunadamente, el viejo señor Utada se encontraba en ese momento en las cocinas del Comandante del Segundo Ejército Imperial, entregando, como cada mañana a aquella misma hora, la ración diaria de pepinos a la señora Takamura, la cocinera. Por eso, también afortunadamente, sus cansados ojos no fueron testigos de aquella furtiva e imperdonable incursión.

Masuji e Ichiro dejaron atrás el huerto y, corriendo entre las casas de madera que comenzaban a desperezarse, encaminaron sus pasos hacia el puente Taisho, junto a la Universidad Femenina de Comercio. Cruzaron el puente con los ojos fijos en la achatada colina que gobernaba el parque Hijiyama, pues no era otro su destino, y entraron en el parque a la carrera. A su paso, levantaron de su plácido descanso a una bandada de libélulas rojas que, quebrada la armonía que su quietud dibujaba, buscaron en el aire un nuevo refugio, tal vez al oeste, sobre las todavía frías lápidas del cementerio militar, tal vez hacia el este, junto al vago recuerdo de otros muertos, extranjeros de la tierra y del tiempo.

Allí, en lo alto de la colina, estaba el viejo santuario. Rodeado de frondosos alcanforeros, pinos y algunos arces y laureles, se mostraba apenas, esquivo y elegante como el cortejo de una grulla sobre el manto nevado del invierno. Y, oculto a los ojos de casi todos, eclipsado por el discreto brillo espiritual que emanaba de la madera lacada con la que estaba construido el santuario, escondido entre los arbustos que crecían en la ladera norte de la colina Hiji, esperaba aquel refugio secreto, aquella pequeña fortaleza. Un doméstico bastión que había sido cómplice y testigo de los juegos y batallas de Ichiro y Masuji; antes dos niños, ahora dos muchachos, casi dos hombres. Siempre dos amigos, dos hermanos.

Era aquel un grupo de rocas que, entre ellas, había guardado un hueco, un hondo espacio vacío. Resultaba en ocasiones cueva, guarida de demonio o de dragón. Castillo otras veces, fortaleza de samuráis dispuestos a vengar la muerte de su señor. O puesto de mando desde donde, bien cubierto el uniforme de medallas y condecoraciones, dirigir con mano firme las operaciones de la gloriosa armada por el mar de China o los remotos archipiélagos perdidos en la inmensidad del océano Pacífico. Pero, siempre, mano a mano, codo a codo, hombro con hombro. Masuji e Ichiro. Ichiro y Masuji. Qué sería del uno sin el otro. O del otro sin el uno. Tan iguales que no eran pocos los que afirmaban que no les sería difícil llegar a confundirlos. «Parecéis hermanos», les habían dicho en infinidad de ocasiones. Y así era como se sentían. Tan unidos como si fuesen de la misma sangre. O tal vez más;

enredados por los indestructibles lazos de una amistad tan poderosa y eterna como solo la mente de un niño es capaz de concebir.

Corrieron sobre el camino de grava, y después sobre la hierba, fresca todavía por el recuerdo del rocío. Saltaron las ramas más bajas de los arbustos que intentaban, sin resultado alguno, zancadillear sus sueños de juventud y de gloria. Y alcanzaron por fin su destino, entre las rocas, entre los arbustos. Ocultas bajo la alfombra parda de hojas secas que cubría el interior de la cueva, esperaban, ansiosas de ser asidas, alzadas al cielo, las dos largas lanzas de bambú. Largas lanzas de bambú al servicio del Emperador.

Una vieja pistola
con el cañón doblado hacia dentro

*P*racticar. Había que practicar. Una y mil veces. Para cuando llegara el momento. Todos, cada uno de ellos, cada hombre, mujer, niño, anciano o anciana tendría que estar preparado para empuñar la larga lanza de bambú, para hundirla en la bárbara carne del invasor, que no quería más que destruir la civilización, destruir Japón. Destruir el mundo.

Cada japonés, todos, cada uno de ellos, tendría que manchar sus manos con la sangre del enemigo, antes de ver como su propia sangre era vertida sobre el sagrado suelo de la patria.

Ichiro y Masuji levantaron las lanzas hacia el cielo. Largas lanzas de bambú al servicio del Emperador.

—¡Banzai! —gritaron los dos al unísono.

Ichiro imaginaba su pecho cubierto de medallas. Su cabeza coronada de gloria, su recuerdo honrado por las futuras generaciones.

Masuji imaginaba sus manos bañadas con la sangre de un hombre, un hombre cualquiera, uno de tantos. Uno que, tal vez, fuera el asesino de su padre. Uno que habría manchado sus manos con la sangre de Takashi Utada, regando con ella la blanca arena de Okinawa, tiñendo con ella las aguas del mar de Japón.

En los ojos apretados de Masuji, tras sus párpados cerrados al sol de la mañana, se abrieron paso las lágrimas, prohibidas hasta el momento de la venganza, hasta el día de la victoria. Ichiro y Masuji practicaban, sudando copiosamente, empapando las camisas blancas. Pero así tenía que ser. Habían de esforzarse. Ellos más que nadie, pues, como había dicho el Ejército, iban a ser la primera línea de defensa civil, los protectores del último bastión de la patria. El corazón que bombeaba la sangre de Japón.

En mitad del febril entrenamiento, las miradas de los dos muchachos se encontraron y, con un leve asentimiento, acordaron una pequeña pausa, nada más que un minúsculo paréntesis para recobrar el aliento y las fuerzas.

Se dejaron caer sobre la hierba, exhaustos, respirando con las bocas abiertas, como dos carpas en el fondo de un estanque seco, intentando atrapar un aire esquivo e insuficiente. Masuji posó la mirada en el pequeño rebaño de nubes que manchaban el perfecto cielo azul que cubría la prefectura de Hiroshima. Se deslizaban suavemente, en un continuo e imperceptible movimiento de este a oeste, mecidas por la celestial corriente, bañando el alma de Masuji como si fueran delicadas olas de paz y de calma. Pensó entonces que le gustaría permanecer así para siempre, tumbado sobre la hierba, con la vista perdida en las nubes, sumergido en esa reconfortante quietud que apagaba las llamas que ardían en su corazón. Sin embargo, sus pensamientos se movían a una velocidad mucho mayor que la de las etéreas nubes blancas, dejándolas atrás enseguida, haciéndole recorrer de nuevo los senderos del dolor y del odio. Y las aguas que bañaban sus costas se volvieron otra vez furiosas olas que chocaban contra los acantilados.

Queriendo apartarse de sus pensamientos, Masuji enderezó la espalda y se sentó sobre la hierba. Intentó vaciar la mente y comenzó a juguetear con un palo que había tirado en el suelo. Dibujaba formas sin sentido sobre la tierra removida que había a los pies de un arbusto. Entonces encontró resistencia. Algo duro, extraño, ajeno a la tierra. No parecía una raíz. No sabía lo que era, así que dejó el palo y comenzó a recorrer el extraño objeto con la yema de los dedos. Por fin, ayudándose de las uñas, consiguió liberarlo del posesivo abrazo de la tierra y lo arrancó de su escondrijo. Mientras lo sujetaba con ambas manos, lo recorrió una y otra vez con la mirada, incapaz de comprender su naturaleza, de descifrar sus formas.

—¿Qué tienes ahí, Masu-chan? —preguntó Ichiro, quebrando el poderoso hechizo que aquel objeto había creado, aturdiendo los sentidos de su amigo.

Masuji volvió el rostro hacia Ichiro, sorprendido por la potente y firme voz que lo interrogaba.

—¿Qué es eso, Masu-chan? ¿De dónde lo has sacado? —preguntó de nuevo, acercándose al silencioso Masuji.

Ichiro rozó la superficie dura del objeto con los dedos barnizados de curiosidad, intentando, sutilmente, atraerlo hacia sí. Su amigo, como si acabase de despertar al sentir una presencia extraña entre las manos, lo soltó bruscamente, dejándolo caer sobre la hierba.

Ichiro lo recogió con cuidado y, también con cuidado, comenzó a desprender la tierra que se había adherido a su superficie.

Poco a poco, el objeto fue revelando su naturaleza, su materialidad.

—¡Es una pistola! —exclamó Masuji, incorporándose de un salto para, inmediatamente, caer de rodillas frente a su amigo—. Una pistola —repitió como un eco de sí mismo.

—Parece muy vieja —comentó Ichiro sin poder apartar los ojos de ella—. Y el cañón está torcido.

Masuji la contempló en silencio unos instantes. Era aquel cañón doblado hacia dentro lo que le había confundido en un primer momento, lo que le había hecho dudar sobre la naturaleza del increíble tesoro que acababa de encontrar. Porque era él quien lo había encontrado.

—Habría que limpiarla y engrasarla. Y el cañón... Tal vez el herrero pueda arreglarlo... Sí, desde luego que podrá. Katayama-san la arreglará. Y quedará cómo nueva... —dijo Ichiro, poniendo voz a sus pensamientos, sin apartar la vista de la vieja pistola que tenía el cañón doblado hacia dentro—. Y cuando vengan los americanos me encontrarán con algo más que una lanza de bambú entre las manos.

Todo esto decía Ichiro, mientras se imaginaba a sí mismo empuñando el arma frente al invasor.

Pero era Masuji el que la había encontrado. Masuji era el dueño de aquella pistola.

Sin embargo, era Ichiro el que, con ella en las manos, fantaseaba con alcanzar el honor y la gloria. Con ella en las manos, sería recordado para siempre. Con ella en las manos sus hazañas serían tan grandes como las de Asano y los cuarenta y siete ronin.

—No se lo esperarán. Desde luego que no... —continuaba diciendo Ichiro.

Sin embargo, aquella pistola era de Masuji. Él la había encontrado. Y estaba seguro de que al empuñarla, conseguiría vengarse. Cerró los ojos un momento y pudo ver con claridad el rostro del asesino de su padre, aterrorizado ante él, suplicando clemencia. Pero él se mostraba firme y, sin dudas ni titubeos, apretaba el gatillo.

—¡Balas!... Voy a necesitar balas... —casi gritó Ichiro, arrancando a su amigo de los sueños de venganza en que se encontraba sumido.

Entonces, apretando los puños sobre la hierba, que segundo a segundo dejaba escapar el liviano recuerdo del rocío, Masuji clavó sus oscuras pupilas en el rostro excitado de su amigo.

—Yo la he encontrado —dijo con la voz tan delgada como el hilo de un gusano de seda.

—Es mía —añadió.

Ichiro levantó la vista, sorprendido por la presencia de Masuji. Por unos momentos, el mundo había desaparecido a su alrededor. No había sitio más que para él, la pistola y sus sueños de honor y de gloria. Sin embargo, el decorado en el que todo transcurría volvió a dibujarse con la misma naturalidad con la que antes se había borrado. Y entonces algo cambió en las profundidades que se escondían tras la mirada del muchacho. Y algo había cambiado también en el intenso brillo que iluminaba los ojos negros de su amigo del alma.

Ichiro sujetó la pistola con firmeza y la acercó a su pecho, lejos de las ávidas manos que sabía que querían arrebatársela. Entonces, Masuji puso por fin voz al anhelo que encogía su corazón, y las palabras brotaron de sus labios tan duras como la roca.

—Tengo que vengar a mi padre... Con la pistola podré hacerlo.

Pero Ichiro no escuchó más que unos sonidos informes, carentes de significado. Tan solo eran ruido. Un ruido desagradable, desafinado y hostil que brotaba de la garganta de aquel nuevo enemigo que quería arrebatarle la pistola.

—Es mía —insistió Masuji.

Ichiro comenzó entonces a incorporarse, despacio, sin apartar los ojos de Masuji, sintiendo el frío tacto del metal contra su pecho, a través de la fina tela de su camisa. Sintiendo también la mirada punzante y afilada de su amigo.

Masuji, imitando los movimientos de Ichiro, como si se tratara de una danza ejecutada frente a un espejo, también se incorporó lentamente. Sin embargo, aquella simetría se desvaneció enseguida.

Masuji estiró bruscamente el brazo para recuperar lo que era suyo.

Ichiro repelió con un fuerte empujón el ataque de aquel ladrón que trataba de quitarle lo que era suyo. El que iba a ser el instrumento de su gloria.

Entonces, como un relámpago solitario en mitad de un cielo claro de principios de verano, su puño golpeó, seco, brutal, el rostro de Masuji. Un hilo de sangre brotó inmediatamente del labio del muchacho. Fueron unos segundos en los que el tiempo corrió a un ritmo extraño. Parecía expandirse y retorcerse luego sobre sí mismo, como una serpiente que, perpleja, intentara contemplar a la vez su vientre y su espalda. Pero el tiempo, como las aguas de un río, no es capaz de detener su curso más de lo que dura un suspiro. Y los golpes de uno y de otro se cruzaron en una caótica lluvia. Un aguacero de odio sin sentido, sin freno. Sin remedio. Y los nudillos se mancharon de sangre. Y las camisas blancas olvidaron para siempre su inmaculada pureza. Y Masu-chan ya no fue más Masu-chan. E Ichiro-chan ya no fue, nunca más, Ichiro-chan.

Ichiro, de rodillas, se sujetaba con los brazos el doloroso hueco en que se había convertido su estómago, y alzó con dificultad la cabeza. Contempló en silencio cómo Masuji se alejaba.

El sonido de sus pasos sobre el camino de grava, la rítmica y cruel música de la huida, golpeaba en sus sienes como el martillo sobre el yunque. Porque aquel al que nunca más podría llamar amigo, aquel al que jamás volvería a llamar Masuchan, se marchaba para siempre, llevando entre las doloridas manos la vieja pistola con el cañón doblado hacia dentro.

Un resplandor blanco y brillante que derribó los cimientos del mundo

Masuji Utada ya debía de estar muy lejos. Debía de haber cruzado el puente Taisho en dirección al centro de la ciudad. Tal vez habría saltado ya el muro de hormigón que protegía la cosecha de pepinos del Comandante.

Ichiro se lo imaginaba corriendo, alejándose para no volver, con la vieja pistola que tenía el cañón doblado hacia dentro entre las manos. Y esa imagen le quemaba como el fuego. Sentía que su piel ardía y su cuerpo era dominado por un violento temblor que parecía no terminar nunca. El odio, la ira y la vergüenza se habían convertido en carne, en piel, en sangre. Las lágrimas se deslizaban de sus ojos sin control, como una torrencial lluvia de finales del verano.

Entonces, incapaz de controlar su cuerpo, incapaz de poner coto a sus sentimientos, corrió en busca de un refugio, un lugar en el que ocultar todo aquello que gritaba, se retorcía y desgarraba en lo más hondo de su pecho. Y, arrastrando su decepción y su dolor por la húmeda hierba, por la oscura tierra, por el lecho de hojas caídas, se escondió en aquella cueva, en aquel hueco que se abría entre las rocas, camuflado por las pequeñas y duras hojas de los arbustos que crecían bajo el amparo de los protectores brazos del santuario de Gobenden.

Ichiro escondió el rostro entre las rodillas y, a salvo de miradas indiscretas, a espaldas del mundo, lloró sin freno, ahogando en aquel desbordado río de lágrimas al pequeño y delicado pájaro inocente y confiado que anidaba en su alma.

Pero el llanto duró poco más que un instante.

Ichiro levantó un momento el rostro, con la instintiva intención de limpiarse las lágrimas. Entonces, un fogonazo brillante y cegador iluminó el apacible cielo de Hiroshima, violentando súbitamente el horizonte que se abría frente al parque Hijiyama. Venciendo las intermitentes sombras de los arbustos y quebrando el umbrío cobijo de las rocas, el resplandor incontenible se abrió paso hasta los ojos húmedos de Ichiro que, instantáneamente, quedaron secos; se evaporaron las lágrimas, rotas como pequeños y delicados cristales. Casi enseguida, su cuerpo salió despedido hacia el interior de la cueva, impulsado brutalmente por la terrible onda expansiva que siguió al fogonazo. Y ya no hubo nada. Tan solo oscuridad y silencio después de aquel resplandor blanco y brillante que había derribado los cimientos del mundo.

La amarga brisa que anuncia una noche larga y oscura

Ichiro permaneció inconsciente mientras la muerte se abría paso a empujones, sin miramientos, sin detenerse ante nada ni ante nadie. Una extraña y novedosa muerte que había caído del cielo. Un macabro presente de polvo y de fuego.

Al fin, Ichiro se incorporó aturdido. El cráneo le retumbaba como si le hubiesen golpeado con un mazo, y sentía la piel de sus párpados reseca y tirante. Se acercó a la salida del refugio a gatas. Una inmensa nube de polvo lo envolvía todo, sumiendo la ciudad en una oscuridad casi absoluta. Poco a poco, algunos rayos de sol consiguieron abrirse paso a través de la densa capa de hollín y entonces la realidad, descarnada y terrible, comenzó a mostrarse ante sus ojos.

El centro de la ciudad había desaparecido, dejando tras de sí un rastro de escombros, incendios y humo. Un humo espeso y oscuro que ascendía desde lo que antes había sido el barrio de Otemachi hasta perderse en las alturas.

Ichiro contemplaba el infierno abierto ante sus ojos, envuelto en un silencio absoluto y desgarrador. Entonces, movido por una misteriosa fuerza, atraído por la desolación que había extendido su manto sobre el delta del río Ota, comenzó a caminar, despacio, como un autómata, hacia el centro de la ciudad, hacia el lugar en el que se había originado el abismo.

Sin darse cuenta, abandonó la colina arrasada, salpicada de troncos de árboles carbonizados, esqueletos desprovistos de hojas, de vida. Quedaba el Hijiyama desnudo y huérfano, preguntándose adónde habría ido a parar su viejo compañero, el santuario de Gobenden, del que era imposible hallar el menor rastro. Ichiro marchaba con la mirada fija en los restos humeantes de los pocos edificios que aún quedaban en pie. Avanzaba arrastrando los pies, levantando a su paso pequeños remolinos de polvo, deslizándose entre los despojos. Caminaba sin mover apenas las piernas, sin alterar el tiempo que permanecía paralizado a su alrededor, detenido eternamente en el recuerdo, anclado a los cimientos de un mundo que se había volatilizado, inmóvil para siempre en los viejos relojes.

Pero el nuevo tiempo que acababa de comenzar hizo que oyera el tictac de su respiración, y los segundos corrieron otra vez, lanzados hacia el mañana sin que nada ni nadie pudiera detenerlos.

Un sinfín de incendios brotaban aquí y allá, alimentados por violentos e intermitentes vientos llegados de algún rincón oscuro, nacidos caprichosamente, sin más objeto que el de amamantar el caos y la destrucción. Y, huyendo de ellos, los supervivientes se alejaban de la ciudad, a la búsqueda de un refugio imposible, una salvación que no eran capaces de imaginar. Sin embargo, Ichiro, a pesar de la quemazón que sentía en la piel que rodeaba sus ojos y del dolor de cabeza, que no dejaba de retumbar contra las paredes de su cráneo, dirigía sus pasos hacia el epicentro de aquel infierno. Buscaba un modo de cruzar el puente Aioi hacia el barrio de Tera-machi. Porque allí, en una de tantas calles repletas de edificaciones de madera, estaba su casa. Allí estaban sus padres y su hermana. Allí estaba su vida.

Tras muchos esfuerzos consiguió llegar a Tera-machi, y allí, en el lugar en el que debía estar su casa, encontró escombros y ceniza. Pero entonces, una figura semidesnuda llamó su atención. Tenía la piel cubierta de horrendas quemaduras, e intentaba mover una pesada viga de madera carbonizada.

—¿Iseki-san? ¿Es usted?

El hombre volvió bruscamente la cabeza hacia el lugar de donde habían brotado aquellas palabras. Por un momento los ojos de Ichiro permanecieron unidos a los del hombre, en un silencio tan inquisitivo y oscuro que parecía capaz de absorber todo el aire que fluía a su alrededor.

El señor Iseki, su amable y cortés vecino, agachó la cabeza un instante para, una vez hecho el necesario acopio de fuerzas, mirar de nuevo a aquel muchacho al que conocía desde el mismo día de su nacimiento. Entonces, con un leve movimiento, con una tímida y apocada negación borró del corazón de Ichiro los últimos retazos de esperanza. Desolado, contempló los inútiles retales de su vida con los ojos secos, incapaces de verter una lágrima.

Allí no quedaba nada, solo escombros, ceniza y muerte. Una muerte que se había llevado a su familia, y que ahora esperaba pacientemente al señor Iseki, mientras exhalaba sus últimos suspiros.

Entonces, dejándose llevar por el camino que marcaban aquellos que huían, Ichiro desanduvo lo andado.

Camino de las laderas de Chugoku, se cruzaba con gentes que parecían brotar de entre los restos de los edificios. Marchaban en silencio, mutilados, sanguinolentos, cubiertos de horribles quemaduras, desfilando al macabro compás que marcaba la muda orquesta de desolación y miseria. Algunos habían perdido el pelo y las cejas. A otros, la piel de la cara y las manos les colgaba en jirones ennegrecidos. Muchos, a causa del insoportable dolor producido por las quemaduras, llevaban los brazos levantados. Era como si entre ellos transportaran una invisible y pesada carga.

Incluso sobre algunos cuerpos se veían las marcas de dibujos que antes habían adornado sus prendas de vestir. Ichiro fue incapaz de apartar los ojos ante el paso de una bella y joven mujer que caminaba sola, completamente desnuda, arrastrando con dificultad el peso de sus sandalias de madera. En la piel de su pecho, de su espalda, de sus nalgas, había quedado grabado para siempre el vuelo de unas enormes mariposas, unas mariposas que antes habían surcado los suaves y delicados pliegues de su kimono de seda.

Ichiro marchaba despacio. A su paso iban mostrándose las mil caras del horror. A su paso parecían surgir las grotescas formas de hombres y mujeres carbonizados, de niños sin rostro, de animales desollados, de restos, retazos, porciones de cuerpos, pequeñas y deformadas piezas de un puzle que no podía volver a encajarse. Pero Ichiro marchaba despacio, sin detenerse, sin mirar atrás. Y así marchó durante horas.

En algún momento comenzó a llover y, también en algún momento, sus pasos se detuvieron en un bosquecillo de bambús que crecía junto a las orillas de un riachuelo al que no supo poner nombre. Se dejó caer desfallecido sobre la tierra húmeda y, a rastras, buscó el reconfortante apoyo del tronco de uno de aquellos árboles. La lluvia que empapaba sus ropas había comenzado a amainar y, poco a poco, se fue difuminando. Por fin, las nubes dejaron su lugar al cielo despejado de verano que, enseguida, se vistió con el manto cálido y amable de una tarde de agosto.

El sol regresó a su morada nocturna como hacía cada atardecer, inalterable, ajeno a la lejana e insignificante pesadilla que había acampado para siempre en el delta del río Ota, acarició con sus últimos rayos el rostro cansado de Ichiro.

Sus doloridos y resecos ojos se cerraron para abrir las compuertas a un sueño vacío y áspero, colonizado por la nada más absoluta. Las hojas de bambú se mecieron con suavidad por la brisa. La amarga brisa que anuncia una noche larga y oscura.

La sombra que dibujaba los contornos del fin del mundo

Pasaron varios días en los que Ichiro permaneció ajeno a los latidos de su corazón. Había demasiados cadáveres, demasiado dolor y sufrimiento para poder pensar, para poder sentir. Tenía más que suficiente con encontrar un poco de agua o algo que llevarse a la boca. De modo que la visión de otro cuerpo desgarrado, de otra vida segada, arrancada de cuajo del mundo, ya no significaba nada.

La mañana del nueve de agosto, minutos después de que la ciudad de Nagasaki sintiera el mismo indescriptible e insoportable horror que había borrado a Hiroshima del mapa tres días antes, Ichiro deambulaba por lo que antes habían sido las populosas y atestadas calles del centro de su ciudad. Entre un montón de escombros le pareció ver un grifo que aún se mantenía en pie. Apartó algunos tablones y tejas caídas para lograr llegar hasta él. La tubería estaba entera, y se conservaba en aparente buen estado. Con dificultad logró abrir la llave de paso y, tras unos primeros momentos en los que las cañerías gruñeron entre fuertes sacudidas, un débil chorro de agua tibia y pardusca comenzó a brotar. Ichiro pegó los labios a la polvorienta boca del grifo y bebió. Bebió hasta saciarse aquel líquido imbebible que le reconfortaba tanto como lo hubiera hecho un enorme cuenco lleno a rebosar del delicioso *oden* que preparaba su madre. Un *oden* que ella jamás volvería a preparar.

Ichiro se sentó sobre un pequeño montón de ladrillos y escondió la cabeza entre las rodillas. Los párpados ya no le ardían pero, aun así, aunque sentía que la tristeza se adueñaba de su alma, seguía siendo incapaz de derramar siquiera una lágrima. Tal vez, al haber estado llorando en el momento en el que se había producido la explosión, sus lágrimas se habían secado para siempre, y el único recuerdo que le quedaba de ellas eran sus párpados marcados, quemados por la brusca evaporación de su llanto.

Permaneció unos minutos sentado, ocultándose al mundo. Aunque, en aquellas circunstancias, el mundo no mostraba el menor interés por él, como tampoco en ninguno de esos fantasmas que vagaban por las calles de Hiroshima, espectros sin rumbo, aturdidos y desorientados en un lugar que había dejado de pertenecerles.

Ichiro se incorporó lentamente y, entonces, lo vio. Allí estaba, frente a él, a unas pocas decenas de metros, el muro de hormigón que protegía el huerto donde crecía la cosecha de pepinos del Comandante.

El rostro de Masuji acudió a su mente como un relámpago, súbito y brillante. Al recordar sus rasgos, sus gestos, comprobó que ya no había en su interior rastro alguno del odio ni de la ira que había sentido aquella fatídica mañana en la que se habían peleado por la vieja y estúpida pistola. Deseó volver a ver a su amigo, a su compañero del alma, a su querido Masuchan. Y, sintiendo como el calor volvía a confortar su maltrecho y encogido corazón, se lanzó a una alocada carrera en dirección al pequeño huerto que cultivaba el viejo Sigematsu

Utada. Porque, por algún extraño motivo que era incapaz de explicar, sentía que allí, protegido tras esos resistentes e imperturbables muros, iba a encontrar a su amigo.

Con un brioso salto superó el parapeto gris.

—¡Masuji! —gritó con la voz temblorosa y esperanzada.

El brusco choque de sus pies contra la tierra levantó la ceniza que alfombraba lo que antes había sido un productivo huerto. Ichiro buscó con la mirada ansiosa en todas direcciones. Pero no había nadie. Y no podía entenderlo. Porque estaba seguro de que allí iba a encontrar a su amigo. Completamente seguro.

Con los pasos lentos y cuidadosos, como si allí todavía crecieran las frondosas y repletas matas de pepinos que con tanto esmero cuidaba el abuelo de Masuji, Ichiro recorrió el recinto de un extremo a otro. Pero no había nadie ni nada. Nada de nada.

Fue entonces, en el preciso instante en el que dejó de buscar y alzó los ojos al cielo cuando la vio. Estaba en una de las esquinas del muro. Había pasado a su lado cuando recorrió el huerto, pero no había sido capaz de descifrarla. Sin embargo ahora, desde la distancia, se le mostraba clara, nítida, terriblemente precisa. Muy despacio, sin apartar la vista de ella, fue acercándose y, a cada paso que daba, sentía que el calor que había renacido en su corazón se iba apagando, y las tinieblas iban envolviendo su alma.

Acarició sus contornos con la yema de los dedos, suavemente, intentando atrapar en su piel el último suspiro, el último aliento que había quedado dibujado en aquel muro. Cerró los ojos y continuó viéndola. Aquella sombra se grabó para siempre en sus sentidos. La sombra de un muchacho que llevaba en la mano derecha un extraño objeto. Un objeto imposible e indescifrable. Imposible e indescifrable para todos menos para él. La imagen, el tacto, el peso de aquel objeto no iban a borrarse jamás de sus recuerdos. Nunca podría olvidar aquella vieja pistola que tenía el cañón doblado hacia dentro. Nunca jamás iba a poder apartar de su mente aquella última imagen de su amigo, aquella sombra dibujada para siempre sobre aquel muro, inmóvil, vacía y eterna.

La sombra que dibujaba los contornos del fin del mundo.

El mismo silencio que habitaba las ruinas calcinadas de Hiroshima

*I*chiro estaba sentado en el suelo, con la espalda apoyada en la cara exterior del muro que en su día había protegido el huerto del señor Utada. Ya no había rastro de la cosecha de pepinos del señor Comandante, pero aquellos muros seguían en pie, extrañados, sorprendidos ante una ciudad que había sido borrada de la faz de la tierra. Mirase adonde mirase, Ichiro no podía olvidar la silueta que había quedado eternamente dibujada sobre la superficie de hormigón. Le parecía ver no solo la imagen de su amigo, sino también los rostros borrosos, ennegrecidos, de sus padres y de su hermana. Todos habían desaparecido y él estaba completamente solo. Ichiro era incapaz de pensar en nada más que en esa sombra, en esa oscura huella de muerte.

Alguien se acercó en silencio y se detuvo frente al muchacho:

—¿Cómo te llamas? —preguntó.

Los ojos de Ichiro se fijaron primero en sus zapatos. Estaban cubiertos de polvo y ceniza. También lo estaban sus pantalones, su camisa y su chaqueta. En la manga derecha lucía un sucio brazalete que en algún momento debía de haber sido blanco, y cubría la reducida y alargada cabeza con un ridículo sombrero hongo. En la mano izquierda sujetaba una pequeña libreta y con la derecha sostenía un lapicero tan minúsculo que le resultaba complicado de mantener.

—¿Cómo te llamas, muchacho? —preguntó de nuevo.

Ichiro miró sus ojos redondos con la más árida de las tristezas, tragó saliva con dificultad y, con un gran esfuerzo, respondió.

—Masuji. Masuji Utada.

«Utada... Masuji...», anotó el hombre. Enseguida cerró la libreta y, levantando el polvo de la calle con sus gastados y sucios zapatos, se alejó, dispuesto a seguir con la penosa y rutinaria tarea de poner nombre a los supervivientes, envuelto en el mismo silencio que le había llevado hasta allí. El mismo silencio que habitaba las ruinas calcinadas de Hiroshima.

Hiroshima
(Momento actual)

桜 の 木

Sakura
(Cerezo)

Uno

*U*na caja sobre el pupitre de Sakura.

Es una caja preciosa, de madera lacada, rodeada por un lazo rojo, llamativo pero sin dejar de ser elegante. La caja está perfectamente colocada en el centro de la mesa. Las líneas que delimitan el contorno de la caja guardan un milimétrico paralelismo con las líneas que delimitan el contorno de la mesa. Sin embargo, la forzada simetría logra que el conjunto resulte inquietante, aunque, quizá por eso, sea imposible apartar la vista de él.

Sakura cruza el umbral de la puerta de la clase, con la cabeza gacha, como siempre, tratando de diluirse en el espacio, intentando ser esa chica a la que nadie mira. Pero todos los ojos están clavados en su pequeña y frágil figura mientras recorre los pocos metros, interminables metros, que la separan de su pupitre.

Ella, como siempre, intenta esconder la mano derecha, oculta bajo la suave manopla de algodón blanco, cubriéndola con la otra mano, la que sí muestra la piel desnuda, rosada y suave. Se sienta en la silla, escurriéndose como una anguila, sintiéndose también como una anguila, fuera del agua, extraña y viscosa. Entonces, con la mano enguantada bajo el pupitre, a salvo de las odiosas miradas, consigue relajarse un instante. Y allí, sobre su mesa, descubre la caja.

Sakura la contempla en silencio, mientras su corazón, que, por un segundo se había detenido, comienza a cabalgar desbocado.

Es una caja preciosa, de madera lacada. El lazo rojo que la rodea es muy llamativo, aunque sin dejar de ser elegante. Sakura ha visto muchas otras cajas parecidas. Al llegar esa mañana a clase, todas las chicas tenían uno sobre el pupitre. Algunas eran más grandes que otras, más llamativas o más discretas. Y todas guardaban en su interior dulces y deliciosos chocolates. Chocolates blancos que, como marcaba la costumbre, debían regalarles los chicos un mes después de que, por San Valentín, ellas les hubieran entregado el tradicional presente de oscuro chocolate negro.

Bombones, tabletas, figuritas de animales, delgadas láminas casi traslúcidas. Todas las chicas de la clase abrían las cajas ruborizándose, mostrando la sutil coquetería femenina que tanto gustaba a los chicos. Y eso era lo que hacían todas. Todas menos Sakura.

Porque, al llegar a clase por la mañana, temprano, antes que nadie, el pupitre de Sakura permanecía vacío, huérfano, un náufrago en mitad de un mar de cajas y más cajas de chocolate blanco.

Sin embargo, al regresar del recreo, en medio de la clase desierta, sobre el pupitre de Sakura, espera una caja. Pero esa caja no puede tratarse de ningún regalo. Esa preciosa y elegante caja no puede significar nada bueno. Aun así, ella, sometida al embaucador hechizo del gran lazo rojo que rodea la caja, y que no deja de llamarla y de reclamar su atención, sentada en la silla de madera, con la espalda encorvada y las rodillas juntas, se dispone a abrirla. Sus compañeros, que van regresando del recreo, dejan de hacer cualquier cosa que estuvieran haciendo y centran en Sakura toda su atención. Guardan móviles e interrumpen conversaciones.

Y Sakura deshace el gran lazo rojo.

Con cuidado, acaricia apenas la tapa de madera lacada y sus finos y delicados dedos abren la caja. Sin embargo, el contenido aún permanece oculto, cubierto por la liviana protección del papel de seda. Un papel que, suavemente, tan solo lo roza, Sakura aparta sin dificultad.

Por unos instantes permanece inmóvil, contempla horrorizada el cruel regalo que se muestra, obsceno y macabro, ante sus oscuros y tristes ojos. Inmediatamente, como si se tratara de una repentina e inesperada descarga eléctrica, una brutal y desgarradora corriente recorre todo su cuerpo, desde la nuca hasta la punta de sus dedos. Sin embargo, esa corriente que sobrecoge cada cabello, cada poro de su piel, no es capaz de llegar a su mano derecha. No encuentra el camino, no halla una senda de terminaciones nerviosas. No es capaz de recorrer sus músculos, su piel, sus huesos. No reconoce en ella el menor signo de reacción, de vida. Su mano derecha, raíz agostada, rama seca, contrahecho y malformado engendro, permanece inerte, silenciosa, oculta dentro de la manopla de algodón blanco, bajo el pupitre.

Sus compañeros de clase, que no han visto lo que ella ha visto, pero saben lo que ella ha visto, ríen, sin sentir la necesidad de disimular las risas. Incluso algunos, sobre todo algunas, la señalan sin pudor, con sus dedos largos y perfectos, funcionales y vivos.

Sakura no puede aguantarlo. Es incapaz de permanecer un segundo más en aquel lugar, junto a aquella horrible cosa que, inmóvil, continúa dentro de la caja. Así que, de un salto, se levanta de la silla. Con un gesto rápido agarra el chaquetón y la mochila que cuelgan del respaldo y, sin mirar atrás, corre hacia la puerta. Sin darse cuenta, mientras escapa golpea con la mochila la caja, que cae al suelo. Y lo que hasta hace un segundo guardaba, queda ahora a la vista de todos. Entonces las risas se desatan definitivamente, convirtiéndose en estruendosas y grotescas carcajadas. Unas carcajadas que desgarran el alma de Sakura, que aún las oye mientras huye escaleras abajo hacia la salida.

Kyoichi, el dueño de la cabeza en la que se gestó el macabro plan, se acerca a la caja caída. Azumi y Masako, las manos que compraron la caja y el llamativo lazo rojo, ríen sin medida. Los demás, los que aplaudieron al escuchar la gran idea, o los que simplemente callaron, ríen también, sin control ni decoro.

Kyoichi se agacha y recoge el regalo. Es la pata cortada de un pollo. La agita en el aire; pero enseguida la sujeta con la mano derecha, que oculta después con el puño de la camisa. Recorre la clase con la cabeza gacha y los hombros encogidos, bamboleando el brazo que sostiene la pata del pollo. Y todos continúan riendo, mucho después de que Sakura ya no pueda oírlos.

Sin embargo las risas aún suenan dentro de su cabeza. Risas crueles y zafias.

Sakura recorre las calles que van del instituto a su casa. Primero a la carrera; pero, poco a poco, va reduciendo la marcha, sintiendo que, por mucho que corra, las risas que oye, las mandíbulas desencajadas que ve, no van a desaparecer.

El frenético ritmo de la ciudad fluye a su alrededor, ignorándola, esquivando su pequeño cuerpo, retomando enseguida su camino. Los hombres de negocios marchan con el paso rápido, sujetando los maletines que ya forman parte de sus cuerpos, vestidos con trajes grises o negros, todos con corbatas serias y aburridas, con la mirada perdida en ese tiempo que se les escapa como agua entre los dedos. Algunos hablan por sus teléfonos móviles, escenificando, verbalizando sus prisas. Otros, simplemente, llegan demasiado tarde a sus vidas.

Madres de familia, novias, prometidas, candorosas y solícitas recién casadas. Mujeres que recorren las atestadas calles comerciales del barrio de Naka-ku, en busca de alguna irresistible oferta, de un capricho, tal vez un regalo que muestre quiénes son ellas, cuál es el calor y el color de su espíritu.

Turistas. Algunos, pocos, extranjeros. Hablan a gritos y lo señalan todo. Pero la mayor parte son japoneses. Muchos ya son ancianos. Caminan despacio, casi con vergüenza, incómodos por no poder seguir el ritmo de una ciudad que se mueve con agilidad, de unos tiempos que nunca esperan a nadie.

Y Sakura marcha entre todos ellos. Hombres de negocios, mujeres, turistas. Contra corriente. Siempre contra corriente.

En un gesto que se volvió costumbre hace ya mucho tiempo, camufla la mano derecha bajo el chaquetón que cubre la camisa blanca del uniforme del instituto. Sakura agacha la cabeza, y bucea sin mover los brazos en medio de aquellas aguas en las que se siente perdida y extraña. De pronto, sorprendida por las voces exageradas de una pareja de turistas, aminora el paso. Los observa con discreción, de soslayo. El hombre es enormemente alto. También es muy gordo. La mujer es pequeña. No tanto como Sakura pero sí comparada con el gigante que la acompaña. No puede evitar imaginársela aplastada por aquella enorme masa humana, que camina con pasos largos y bruscos. Bajo unas bermudas de cuadros llamativas, el gigante muestra al mundo sus rojizas y ridículas pantorrillas, mientras grita y gesticula como un niño en un parque zoológico. Y la idea de aquella extraña pareja, sumergida en la intimidad que el paso del tiempo les ha otorgado, descompensada pareja de hipopótamo y libélula, hace que Sakura se entristezca, vuelva a agachar la cabeza y reanude la marcha, acelerando los breves pasos, siempre contra corriente. Siempre ocultando la mano derecha, deforme e inerte. Porque incluso aquel hombre, aquel desagradable hipopótamo, ha sido capaz de encontrar a alguien que acepte y que quiera compartir su vida con él. Algo que a ella, y de eso está segura, nunca va a sucederle.

Sakura camina bajo los altos techos que protegen de las inclemencias del tiempo a la animada e incansable calle Hondori, la arteria comercial que nutre y da vida al centro de Hiroshima. Y trata de ocultar aún más esa mano odiada que, como una terrible maldición, forma parte de sí misma, de lo que es, de lo que siempre será.

Sin prestar la menor atención a los llamativos letreros que anuncian todo tipo de productos, pues allí todo está en venta, abandona la calle Hondori, camino de casa.

Está cerca, así que ya no tiene prisa. Todo lo contrario. Sus pasos la conducen sin remisión a un nuevo escenario, diferente, donde seguir representando las patéticas escenas en las que se divide su patética vida. Los actores cambian, ya han salido de plano Kyoichi, Azumi, Masako y todos los demás. Sin embargo llega el turno de su madre, la abnegada esposa, ama de casa y trabajadora a tiempo parcial. Y madre. Porque le prepara con diligencia el almuerzo que, cada día, lleva al instituto. Porque le tiene la ropa limpia y planchada. Madre porque le ha tocado en suerte ese oficio. Sin embargo, Sakura piensa que le falta la característica fundamental que debe distinguir a una madre. La ternura, la comprensión, el verdadero amor.

Pero Sakura se equivoca. No es que Sawako Ochida no la quiera. Desde que la contempló, el mismo momento en que, contemplándola con el cuerpo todavía cubierto por los restos de la placenta y la sangre del parto, tuvo que enfrentarse a la sutil y absoluta diferencia que alejaba a la pequeña Sakura de la normalidad, y la joven e inexperta Sawako se vio dominada por el miedo. Un miedo primario, casi físico. Porque Sawako Ochida, como tantas otras mujeres japonesas, sabía que no había nada más aterrador que aquello que se salía de la norma. Y, viendo la minúscula mano deforme de su deseado bebé, vislumbró un futuro árido y desalentador. Aquella minúscula mano deforme significaba que nunca tendría amigos. Significaba que tendría que soportar las crueles bromas y burlas de los niños. Significaba que ningún joven se enamoraría de ella. Significaba que recorrería el largo camino de la vida sola y que, al final de sus días, la muerte también la encontraría sola.

Por eso, desde el mismo momento en que vio por primera vez la diminuta mano deforme de su hija, Sawako Ochida no supo mirarla más que con miedo y desesperanza. Un miedo y una desesperanza que, con el paso del tiempo, tratando de evitarle un sufrimiento aún mayor, logro disfrazar de corrección, de diligencia, de distanciamiento. Pero los ojos de la pequeña Sakura no fueron capaces de apartar las gruesas capas de aquel disfraz y nunca pudieron contemplar los verdaderos sentimientos de su madre. Y Sakura solo veía las miradas furtivas que se horrorizaban ante aquel repugnante y fallido proyecto de mano. Solo sentía la ausencia de las caricias, que los otros niños recibían en abundancia. Solo percibía el frío que envolvía su piel cuando, con palabras suaves pero firmes, no le estaba permitido disfrutar de la placentera y habitual costumbre japonesa del baño vespertino junto a sus padres. Entonces, en todos esos momentos, la pequeña Sakura deseaba arrancar de su cuerpo aquella mano inútil e insensible que colgaba de su brazo derecho.

Y ¿qué hay de su padre? ¿Qué hay de Kotaro Ochida? Poco. Muy poco.

Su padre es ese señor que siempre llega tarde, casi siempre cuando ella está ya dormida, o cuando finge estarlo, cubierta hasta las cejas con el suave edredón de plumas. Su padre es ese señor que trabaja tanto, que está siempre cansado, que está siempre enfadado. Es ese señor al que no se puede molestar, ese señor tan importante que trae el dinero a casa. Es el que paga las facturas del instituto, el que paga el cómodo apartamento de tres dormitorios en el centro de la ciudad, junto a las más importantes calles comerciales. Es el que ha comprado el carísimo coche extranjero que, una vez al año, los lleva de vacaciones a algún lujoso y selecto balneario. Es ese señor que no piensa más que en el trabajo, que se trae la tarea a casa, a la mesa de los domingos. Una mesa que, al menos durante ese día, debería ser un lugar en el que sentirse unidos, formando parte de una familia. Sin embargo, nunca es así.

Sakura sigue caminando, sumida en unos pensamientos que visten el cielo de un gris opaco e impenetrable. De pronto, se detiene. Se encuentra junto al muro de hormigón que rodea el huerto del señor Utada. Entonces, el recuerdo de uno de esos domingos tan poco familiares se adueña de su mente.

—*¿Es que ese hombre no piensa en la comunidad? ¿No piensa en la prosperidad de sus vecinos? ¿No se ha dado cuenta de que el progreso no se detiene ante nadie?* —había dicho su padre durante la sobremesa del domingo anterior, elevando la voz, y arrojando con furia en el fregadero la media cerveza que aún quedaba en el vaso.

—*No te alteres, que nos van a oír todos* —*intentó aplacarle su mujer, acercándose al hombre en la correcta actitud sumisa.*

—*¡Que nos oigan! ¿Acaso crees que hay alguien que no piense igual que yo? ¿Acaso crees que están de acuerdo en mantener ese absurdo huerto que no hace más que devaluar el precio del metro cuadrado de esta calle? ¡Un asqueroso huerto de pepinos en el corazón comercial y financiero de Hiroshima! ¡Y en un solar que la empresa ha valorado en doscientos cuarenta millones de yenes! ¿Acaso piensas que hay alguien que pueda entender a ese viejo loco? Le hemos ofrecido cincuenta millones y los ha rechazado como si nada. ¡Cincuenta millones por un miserable huerto y una cochambrosa chabola de madera!*

Sawako retrocedió unos pasos, acostumbrada como estaba a dejar a su marido el espacio que necesitara en cada momento, sin que él tuviera que reclamarlo.

—*Dame otra cerveza* —*ordenó Kotaro con un movimiento de la mano que denotaba cansancio y, sobre todo, desdén. Después añadió*—: *Esperemos que no dure mucho.* —*Y no se refería a la cerveza.*

Escenas como esa se repiten domingo tras domingo, impidiendo que aquella mesa de diseño europeo, en la que toman el *oden* o el *sukiyaki* que ha preparado la madre con esmero, se convierta en un nexo, en un discreto y cálido puente que una las tres islas semidesiertas que conforman el archipiélago de la familia Ochida. De modo que aquella mesa no deja de ser más que eso, una simple mesa.

Sakura continúa inmóvil frente al feo y ajado muro de hormigón que rodea el huerto del señor Utada. Sus pasos, que siguen el camino mil veces recorrido, la han llevado hasta allí, a tan solo un par de manzanas de su casa. Y entonces,

Rafael Salmerón

junto al muro, recuerda también aquella noche en la que su padre, armado de un pesado mazo de desconocida procedencia, presionado por los jefes de su empresa para que lograra la venta, desesperado ante las continuas negativas del viejo Utada, con la razón nublada, fuera de sí, había decidido derribar aquel muro y, después, la cochambrosa chabola de aquel anciano demente.

—*¡Déjame!* —*gritaba su padre, tratando de zafarse del abrazo de su mujer. Un abrazo mucho más poderoso de lo que Sakura hubiera imaginado jamás.*

—*¡Voy a acabar con esto de una vez por todas!* —*chillaba Kotaro Ochida con los ojos inyectados en sangre.*

Recordando esa extraña escena, que parecía sacada de algún estúpido culebrón coreano, de esos que tanto le gustan a su madre, se le viene a la mente la imagen del señor Utada. Se dibuja en el fértil espacio que hay detrás de sus párpados. Primero ve los largos cabellos blancos, después los también largos y blancos bigotes y la larga y blanca barba. Después van apareciendo las líneas de su rostro. La piel, morena y arrugada, curtida por el sol; los ojos pequeños, cansados casi siempre, aunque, a veces, Sakura vislumbra en ellos un brillo de otros tiempos, escondido tras demasiadas capas de vieja y triste pintura. También ve la sonrisa tímida, arrepentida. Y ve las manos, de dedos largos y huesudos. Y ve sus gastadas y sempiternas ropas: la camisa militar deshilachada, la camiseta, en otro tiempo negra, con aquel antiguo y deslucido símbolo antinuclear. Y los viejos vaqueros, rotos, remendados y vueltos a romper. Y las sandalias que han unido para siempre su destino al de sus pies.

56

Sakura sonríe. No pude menos que sentir simpatía por el señor Utada. Sabe que aquel anciano es la causa de los desvelos y las preocupaciones de su padre. Aunque eso le da igual. Más aún, eso es un motivo más para empatizar con el excéntrico y discreto hortelano. Un hortelano que vive y trabaja su pequeño huerto a menos de dos manzanas de la calle Hondori.

Sakura contempla el muro y no puede evitar la sonrisa.

Por fin reanuda la marcha; pero, de inmediato, vuelve a detenerse. A unos metros de distancia, inmóvil, hay alguien. No puede verlo bien. Es muy pequeño, y lleva una parka negra que le queda indiscutiblemente grande. Cubre completamente su cabeza con la capucha del chaquetón, y su rostro queda oculto tras el forro peludo, entre las sombras. Permanece muy quieto, y aunque Sakura es incapaz de distinguir ni uno solo de los rasgos de su rostro, sabe que sus ojos están sobre ella. Y siente como esos ojos, unos ojos invisibles y misteriosos, penetran en su interior tan fácilmente como si su cuerpo fuera un estanque de aguas limpias y cristalinas.

Durante unos segundos el tiempo parece haberse detenido. No entiende por qué; pero siente que aquel no es un encuentro casual. Es como si él estuviera esperándola allí, para recordarle una vieja cita que ha olvidado.

Sakura se estremece. Aquella mirada que no ve está desnudando su alma, buceando en sus profundidades más inalcanzables, recordándole que tiene que hacer algo muchas veces aplazado.

De pronto, un enorme todoterreno de la marca Mazda, el orgullo de la prefectura de Hiroshima, irrumpe en la callejuela, y levanta a su rotundo paso la falda del uniforme de Sakura. Ella, instintivamente, intenta ocultar su intimidad. Mientras tanto, el enorme todoterreno ya ha llegado al final de la calle, y desaparece tras la esquina. Una esquina que, hace tan solo un segundo, ocupaba un pequeño ser oculto bajo una gran parka negra. Una pequeña e inquietante figura que ya no está.

Sakura permanece unos segundos sin mover un músculo, incapaz de llenar su mente con algún pensamiento, paralizada, como si no fuera más que una crisálida abandonada y seca. Y entonces, sin que ninguna imagen concreta accione los mecanismos de su alma, comienza a llorar. En silencio, con el rostro pétreo, la mirada permanece fija en el espacio vacío que ha quedado junto a la esquina.

Pero todo pasa y, con la cabeza gacha, con el discreto rastro de las lágrimas pintado en la cara, Sakura recorre las apenas dos manzanas que la separan de su casa.

Dos

Sakura entra en el apartamento. Deja las llaves en el recipiente metálico que hay sobre la cómoda del recibidor, se quita los zapatos y se dirige a su habitación.

—¿Sakura? —pregunta la suave voz de su madre.

Sin responder, Sakura entra en el salón.

—¿Ya has vuelto? Es temprano.

—Sí —susurra la hija.

—¿Te encuentras mal? ¿Estás enferma?

Sakura niega con la cabeza. Pero enseguida se arrepiente y rectifica.

—Me duele un poco la cabeza. Estoy mareada.

—¿Te ha sentado mal la comida? —interroga la madre, horrorizada por ser ella la culpable de la indisposición de su hija. Sería imperdonable un fallo tan enorme en sus deberes de ama de casa.

—No.

Entonces todo está bien. La señora Ochida ha hecho bien sus tareas.

Pero no, ella sabe que no todo está bien. Y por un segundo mira a su hija con los ojos del corazón. Querría preguntarle si hay algo que le preocupa, si está triste, si su joven alma sufre. Sin embargo, es incapaz de reunir el valor necesario. Porque sabe que sí, que hay algo que a su hija le preocupa. Sabe también que está triste, y sabe que su joven y frágil alma sufre. Pero no puede enfrentarse a ello. Sus miedos son demasiado grandes, están demasiado arraigados. Entonces, poniéndose la careta que tiene siempre a mano, sonríe. Y la conversación termina.

Sawako Ochida gira la cabeza y vuelve a centrar su atención en el culebrón coreano que están poniendo en la televisión. Es el primer capítulo, aunque ya ha captado todo su interés. Resulta que la chica, todavía no se ha quedado con su nombre, iba a casarse, pero el prometido tiene un accidente de coche y, después de unos días en coma, no recuerda quién es ella. Según le dicen los médicos, ha olvidado todo lo que le ha sucedido en los dos últimos años. Así que la chica, sigue sin quedarse con su nombre, tiene que intentar reproducir lo que han vivido juntos en esos dos años, que es justo el tiempo que ha pasado desde que se conocieron, para que todo vuelva a ser como antes.

Definitivamente ese nuevo culebrón tiene los ingredientes necesarios para que resulte impensable despegar los ojos del televisor. Y en su rebuscado argumento no se habla de malformaciones, ni de aislamiento social, ni de ser alguien diferente, señalado.

Así que Sawako Ochida no pestañea, con la mirada perdida en la pantalla de plasma. Siente a su espalda la presencia silenciosa de su hija, que camina por un tenebroso sendero de sombras en el que Sawako no se atreve ni tan siquiera a pensar.

Sakura contempla la curva que, camino de los estrechos hombros, dibuja el largo y elegante cuello de su madre. Su belleza es serena. Todo en su cuerpo es armonioso. Incluso puede resultar demasiado equilibrado. Es difícil encontrar en ella algún pequeño defecto.

Los diálogos estúpidos y vacuos que brotan del televisor le resultan insoportables. Le recuerdan demasiado a las conversaciones que suelen mantener sus compañeras del instituto. Sakura siente que le hierve la sangre al pensar en ellas. Azumi, Masako, Hibari y todas las demás. Las odia. Odia que intenten parecer fuertes y decididas cuando lo único que desean es que les digan lo guapas y lo *cool* que son, con sus peinados y sus andares copiados del último videoclip de Kumi Koda. Se disfrazan de mujeres modernas, liberadas, seguras de sí mismas, cuando lo único que anhelan es encontrar un novio rico y guapo, un futuro marido que les dé una posición desde la que poder sentirse por encima de las demás. Una atalaya inexpugnable que aleje para siempre sus miedos e inseguridades.

Una chica de rostro perfecto e insulso derrama lágrimas falsas en la televisión. Y Sakura, sin hacer el menor ruido, sale del salón y entra en su cuarto, el único lugar del mundo en el que, a veces, logra sentirse a salvo. Cuatro paredes entre las que, en los pocos momentos en los que consigue olvidar de qué manera tan desagradable está rematado su brazo derecho, puede estar en paz.

En la pared cuelgan los pósteres que ha ido acumulando a lo largo de su vida: allí están Doraemon y Naruto, y los hermanos Elric, enfrentados al Alquimista de Acero. También observa, eternamente congelado y mudo, al actor Hiroshi Abe, con barba y con gafas, muchísimo más guapo que cuando le hacían posar como a uno más de esos estúpidos y superficiales modelos de revista. Y está Thom Yorke, para siempre triste y derrotado; y su admirada Ringo Shiina, tumbada sobre un decadente sofá de terciopelo, vestida con un precioso kimono negro, antes de que decidiera quitarse el característico lunar que orbitaba sobre el ángulo derecho del labio superior.

Y en las estanterías, en la mesilla, apilados en torres irregulares, sobre el suelo, en cualquier parte, en todas partes, los innumerables volúmenes de manga. Sus inseparables e infalibles compañeros y aliados. Su válvula de escape. Su ventana al paraíso.

Sakura se quita la mochila y el chaquetón y los deja sobre la cama de cualquier manera. Se sienta frente al pupitre, deja caer pesadamente su cuerpo sobre la silla ergonómica que tanto dinero les ha costado a sus padres. Con la mano izquierda, coge el lápiz y, sumergiéndose en la hoja de papel en blanco, comienza a dibujar.

Dibuja febrilmente, con el trazo brusco, cargado de rabia. Poco a poco la rabia se va diluyendo, ocupa su lugar la amargura, y las líneas que surgen del grafito surcan el árido papel, cada vez con más esfuerzo, y abren a su paso llagas que cicatrizan en claroscuro.

Los personajes que crea su imaginación nacen lastrados con sus miedos, crecen regados con su llanto.

Pero los demonios que saltan sobre las páginas del cuaderno de dibujo, que luchan, que destrozan a sus enemigos, son monstruos menos aterradores que los que se acurrucan y emboscan en los recovecos ocultos de su alma. A las grotescas bestias de papel sí sabe cómo vencerlas. Conoce sus debilidades y su predecible estrategia. No tiene más que derribarlos de un implacable y certero trazo. O, simplemente, borrarlos. Luego, con un fuerte soplido, los restos de la batalla desaparecen. Y, tras ellos, queda el papel en blanco. Y, en él, cualquier futuro es posible.

Tres

akura guarda los lápices y cierra el cuaderno de dibujo. Permanece sentada durante unos segundos, paseando la mirada por su habitación. Se detiene en las montañas de manga que se amontonan en cualquier lugar de su cuarto. Allí están las colecciones completas de Naruto, Nana, Bakuman, Fullmetal Alchemist... Y muchos otros. Los ha leído infinidad de veces, para absorber sus tramas, ha tratado de descifrar sus dibujos. Las líneas, las sombras, los entramados. Todo.

Ese es su mundo. Y no hay nada que desee más que formar parte de él. Se imagina escribiendo y dibujando sus propias historias, convertida en una reconocida *mangaka*, publicando sin descanso, acudiendo regularmente al Comiket de Tokio, donde se dan cita anualmente todos los que son algo en el universo manga. Allí, rodeada de entusiastas admiradores, firmaría las últimas novedades recién salidas al mercado, o los cien veces releídos clásicos. Sin embargo, todos esos sueños no son más que castillos en el aire, frágiles e inconsistentes. Porque nada de lo que le sucede en esa vida tantas veces imaginada va a hacerse realidad. Sakura siente que ese no puede ser su destino, que no lo merece. Incluso a veces, contemplando el contraste de la tinta sobre el blanco del papel, las líneas, las sombras, los gestos de los personajes, su movimiento, se sorprende, se sobresalta. No es capaz de asimilar, de aceptar ese don que la vida le ha regalado. No entiende cómo, en un mismo cuerpo, pueden convivir dos extremidades tan opuestas, tan antitéticas. No comprende de qué modo pueden cohabitar en ellas la vida y la muerte, el todo y la nada, unos dedos hábiles, maravillosos, capaces de crear universos, y otros, amasijo inútil y amorfo de carne, piel y huesos.

Sakura saca el portátil de la mochila que hay a sus pies y lo coloca sobre la mesa. Enseguida lo enciende y se conecta.

Lobo solitario: ¿Estás ahí?

Cachorro: Sí. ¿Dónde si no?

Lobo solitario: ¡¡¡!!!

Cachorro: ¿Has estado dibujando?

Lobo solitario: ¡Claro! ¿Y tú?

Cachorro: ¡Sííí! Toda la mañana. Mi madre no ha hecho más que llorar.

Lobo solitario: La mía solo llora con los culebrones. Ni se ha inmutado cuando he llegado a casa dos horas antes. No le importo lo más mínimo.

Cachorro: ¡Ojalá a la mía le importase un poco menos! Es mirarme y ponerse hecha un mar de lágrimas. No puede asumir que yo soy como soy.

Lobo solitario: ¡Una auténtica *hikikomori*!

Cachorro: Calla. Ya sabes que no me gusta esa palabra. Yo no soy como esos chiflados que no salen de casa nada más que para ir a la tienda de cómics.

Lobo solitario: Pero es que no sales de casa nada más que para ir a la tienda de cómics.

Cachorro: ¡Zorra! Deja de meterte conmigo de una vez. Ya sabes que este curso no pienso volver a clase. A lo mejor no vuelvo nunca. Tendríamos que dejar los estudios y dedicarnos a vender nuestro cuerpo a hombres viejos forrados de pasta. Y nos gastaríamos todo el dinero en manga, discos de Ringo Shiina y mochis de fresa.

Lobo solitario: ¡Seguro! Tiene que haber cientos de viejos pervertidos que quieran acostarse con una loca como tu y con un engendro como yo. ¡Les parecen tan sexys las manos deformes y las piradas antisociales!

Cachorro: Es cierto, no tendríamos nada que hacer. Seguro que esos tipos se pirran por las octogenarias mutiladas. ¡Viva el fetichismo de los muñones arrugados!

Lobo solitario: ¡Estás fatal! Si yo fuera tu madre también lloraría solo con verte.

Cachorro: ¡Jajaja!

Lobo solitario: ...

Cachorro: ¿Sigues ahí?

Lobo solitario: Sí.

Cachorro: ¿Te ocurre algo?

Lobo solitario: Lo de siempre. Pero un poco peor que siempre.

Cachorro: El estúpido de Kyoichi y esas guarras de Azumi y Masako.

Lobo solitario: Justo en la diana.

Cachorro: Pasa de ellos. Haz como yo. No te dejes ver más por el insti.

Lobo solitario: No sirvo para eso.

Cachorro: No es tan difícil. Mírame a mí.

Lobo solitario: ...

Cachorro: Lo que tendrías que hacer es irte a Tokio. Tendrías que presentarte en alguna editorial y enseñarles tu trabajo. Seguro que alucinaban.

Lobo solitario: Ya.

Cachorro: ¡Te lo digo en serio! Tus historias son mejores que muchas de las que aparecen en el *Jump* o en el *Magazine*.

Lobo solitario: Y eso seguro que no lo dices porque eres mi amiga.

Cachorro: ¡Tu única amiga! ¡Recuérdalo, Saku-chan! ¡La increíble Ai-chan y su inseparable escudera! Pero no tiene nada que ver. Eres buena y ya está. Y seguro que publicaban tu trabajo. Entonces veríamos quién se reía de quién. Seguro que a tus queridas Putazumi y Putasako se les iba a quedar cara de idiota. Y seguro que el imbécil de Kyoichi se arrastraría a tus pies para que salieras con él.

Lobo solitario: Como si tuviera ganas de salir con ese cretino.

Cachorro: ¡Eso es lo mejor! Porque tú le obligarías a limpiarte los zapatos con la lengua, y lo sacarías a pasear con una correa al cuello. Y después lo dejarías abandonado, atado a un poste de teléfono, en medio de la calle, para que todos pudieran verlo.

Lobo solitario: ¡Para ya! ¡Se te va la olla!

Cachorro: ¡Jajajaja...!

Lobo solitario: Estás como una cabra.

Cachorro: Forma parte de mi encanto. Junto con mi enorme culo. Por cierto, ¿a que ahora estás un poquito mejor? ¿Eh? No puedes negarlo.

Lobo solitario: Tienes razón.

Cachorro: Soy tu amiga y siempre tengo razón.

Lobo solitario: Vale.

Cachorro: En serio. No tienes que pensar en esos idiotas. Tú vales mucho más que todos ellos juntos.

Lobo solitario: Gracias.

Cachorro: Hazme caso. Aunque sea, pasa de ir a clase un par de días. Tu madre seguro que se traga que estás enferma. Así podemos hablar toda la mañana.

Lobo solitario: Ya veremos... Bueno, tengo que dejarte. Mi madre me está avisando para la cena.

Cachorro: ¡La cena! Me muero de hambre. Y quiero *ramen*. Un enorme y humeante cuenco de *ramen*. Aunque conociendo a mi madre, seguro que no habrá más que arroz cocido y una tortilla. Con tanto llorar por su hija descarriada no le queda tiempo para preparar una comida decente.

Lobo solitario: Hasta mañana.

Cachorro: Hasta mañana, Saku-chan. Hablamos.

Lobo solitario: Hablamos...

Pero Sakura miente. Miente cuando dice que se encuentra mejor. Miente cuando dice que, al día siguiente, como todos los días, encenderá el ordenador, se conectará y hablará con su amiga Aiko. Porque Sakura tiene otros planes.

死が二人を分かつまで

Shiga futari wo
wakatsu made
(Hasta que la muerte
nos separe)

Un cuchillo enorme en la mochila

Cuando Sakura entra en la cocina, su padre termina con prisas el café. Se limpia con el borde de la servilleta y cruza un instante la mirada con la de su hija. Un pequeño gesto de la cabeza, apenas perceptible, es la única comunicación que establecen.

Sawako camina detrás de su marido, que abandona la cocina, hacia la puerta. El señor Ochida coge el maletín negro que le espera sobre la cómoda del recibidor, se pone los mocasines sin utilizar las manos y se vuelve hacia su mujer. Después de despedirse con una discreta reverencia, el padre de familia se marcha al trabajo, del que no regresará hasta bien entrada la noche, ya cenado y con alguna cerveza de más.

Y madre e hija se quedan solas.

La madre regresa a la cocina. La hija está sentada a la mesa, con la mirada perdida en el vaso vacío que tiene delante. La madre abre la nevera, saca una botella de zumo y vierte el líquido dentro del vaso de su hija. Ella continúa mirándolo, hipnotizada por la uniformidad anaranjada que ahora contiene.

La madre introduce dos rebanadas de pan de molde en la tostadora y espera. Espera a que se tuesten sin apartar la vista del pequeño y anodino electrodoméstico.

La hija, sin dejar de mirar el vaso de zumo, respira el abrumador silencio que se interpone entre ella y su madre.

La tostadora expulsa el pan con un clic, y la madre coge un plato del aparador. Deposita las tostadas en él, y lo deja en la mesa, delante de su hija, que sigue mirando el vaso de zumo.

—¿No tienes apetito?

—No mucho.

—¿Todavía te encuentras mal?

—Un poco.

—Debe de ser algún virus.

—Sí. Seguro que es un virus.

—¿Quieres que llame al médico?

—No hace falta.

—Un día de descanso será suficiente. ¿No crees?

—Sí. Seguro que lo será.

—Entonces quédate en casa. Cuando llegue al trabajo llamaré al instituto para avisarles de que hoy no vas a clase.

—Gracias.

—No hay de qué.

La madre recoge los platos del desayuno, los guarda en el lavavajillas y sale de la cocina. Unos minutos después regresa, ya vestida, y, con una forzada caricia en el hombro, se despide de su hija.

—Llámame si te encuentras peor.

Sakura no responde, y su madre se marcha al trabajo. Es un trabajo de guía a tiempo parcial en el Museo Memorial de la Paz de Hiroshima, con un salario tan pequeño que casi podría decirse que se trata de una ocupación voluntaria y altruista. Sin embargo, Sawako Ochida es feliz realizando esa labor. Al enseñar a los turistas y a los grupos de escolares los horrores de la bomba atómica siente que su suerte no es tan mala. Sin embargo, cuando muestra a los visitantes las fotografías con las terribles consecuencias, ha llegado a desear que su hija fuera uno de esos *hibakushas,* víctimas de la terrible radiación que prosiguió a la explosión. Sería tan fácil entonces mostrar hacia ella compasión y ternura. Y los demás, todos aquellos que contemplaran su desgracia, también sentirían esa misma compasión y esa misma ternura. Una pobre víctima inocente del horror nuclear. Pero no es así. Ha pasado demasiado tiempo. Casi setenta años. Es cierto que los hijos de algunos supervivientes sufrieron malformaciones y enfermedades congénitas; pero tanto ella como su marido son perfectamente normales. Además, sus familias no son de allí. Los padres de Kotaro son de Mihara, a unos cincuenta kilómetros de la ciudad, y los suyos son de Osaka. Y ninguno de ellos se encontraba en Hiroshima el día en que cayó la bomba. Así que la malformación de su hija no es más que el fruto de uno de esos desgraciados errores que comete, de vez en cuando, la naturaleza.

Sakura todavía sigue sentada, mirando el mundo a través del vaso de zumo, sintiendo en el rostro los rayos de sol que se cuelan por la ventana. Permanece así unos minutos, inmóvil, frágil como la porcelana, modelada por la cándida luz de la mañana.

Por fin, se levanta. Lo hace pesadamente, llevando sobre las espaldas una carga abrumadora.

Arrastra los pies hasta su cuarto. Se viste con el uniforme del instituto, se pone el chaquetón y coge la mochila. Saca los libros de texto y los deposita con desgana sobre la cama. Sin embargo deja dentro los lápices y los rotuladores. Le gusta saber que están ahí, siempre a mano. Aunque hoy no vayan a serle de utilidad. Entonces, con la mochila abierta, regresa a la cocina. Sin titubeos abre uno de los cajones donde su madre guarda los cuchillos, y coge el más grande de todos, ese que Sawako utiliza para cortar huesos y articulaciones y para despiezar los atunes más pequeños, que compra enteros sin que el pescadero haga más que abrirles el vientre y sacarles las tripas. Sakura contempla por un instante sus ojos reflejados en la afilada hoja de acero. Enseguida envuelve el cuchillo con un trapo de cocina y lo guarda en la mochila. Después se dirige hacia el recibidor, se pone los zapatos, y sale de casa.

En la calle tropieza con el último hombre que hace cola a la puerta de la tienda de servicios informáticos. Ambos se disculpan en silencio, con rápidas reverencias, con la mirada gacha. El hombre recupera la compostura y continúa la espera pacientemente, con una carpeta de cartón bajo el brazo. En ella guarda un puñado de fotos viejas que hace ya mucho comenzaron a amarillear. Son fotos de los abuelos. El abuelo, al que nunca conoció, orgulloso, con sus gafas redondas y sus gruesos y ensortijados bigotes, vestido con el sobrio uniforme de Comandante del Segundo Ejército Imperial, sentado en el porche, frente a la mesa del desayuno, junto a una bandeja repleta de pequeños y apetitosos pepinos, mostrándoles a su querida esposa y a su hijo recién nacido, desde la distancia, la tranquilidad y el sosiego que se respiran en Hiroshima a comienzos del verano del cuarenta y cinco. La abuela, vestida con un elegante kimono, con el pelo recogido al estilo tradicional, casi sin maquillar. Parece mirar más allá de la cámara, a un lugar indefinido entre el alma del observador y el horizonte que se intuye siempre a nuestra espalda.

Sakura se aleja rápidamente. El casual encuentro entre los dos desconocidos se diluye, y no significa nada.

Camina entre la gente, trata de no chocar, de no tropezar. No quiere rozarse con nadie. Porque entonces ese nadie podría convertirse en alguien. Y, tal vez, por un irrelevante roce, la vida de Sakura podría desviarse, tomar un nuevo rumbo que la alejase del puerto al que se dirige, sujetando el timón con firmeza. Pero, al doblar la primera esquina, siente una presencia. Está detrás de ella. Por unos breves momentos piensa que no debe volverse. Porque mientras no la vea, esa presencia no tendrá rostro, no será nada distinto a la materia de la que la imaginación de Sakura está hecha. Sin embargo, no puede evitar sentir la presencia, viva, respirando. Así que, lentamente, se vuelve hacia ella. Y al hacerlo comprueba que allí está. Otra vez.

La pequeña sombra
que marcha tras sus pasos

Allí está otra vez. Igual que la tarde anterior. La parka negra que le queda grande, la capucha ocultando el rostro. Aunque ahora Sakura es capaz de fijarse en más detalles. En los pantalones de pana verdes que asoman apenas por debajo de la parka, en las zapatillas de lona roja. Y, a pesar del eficaz parapeto que es la capucha, también consigue adivinar la barbilla, incluso la boca, pequeña, de labios finos y apretados.

Aunque Sakura no logra distinguir los ojos, de nuevo sabe que están fijos en ella, escrutándola, diseccionándola. Y Sakura imagina esas pupilas que la observan enormes, negras y profundas como dos pozos sin fondo. Siente entonces un largo escalofrío que recorre su espalda, y un miedo oscuro y silencioso se adueña de su ser.

La figura que oculta su rostro da un tímido y corto paso hacia ella.

Luego da otro más.

En el corazón de Sakura se clavan mil agujas de hielo y fuego y ella, incapaz de soportar el pánico animal que la domina, echa a correr.

Corre sin mirar atrás, sin sentido, sin un destino. Pero siente que no puede escapar, siente aquella presencia aterradora y extraña cosida a sus pasos. Tal vez sea su sombra misma, y nadie puede escapar de su propia sombra.

Poco a poco, venciendo a la inercia de la alocada carrera, Sakura se detiene. Está en medio de un pequeño y solitario callejón que une, discretamente, dos animadas calles comerciales. A lo lejos puede ver a los transeúntes, que pasan como estrellas fugaces. Mientras recupera el aliento, se pregunta el porqué de su huida. No tiene sentido huir de aquello que se está buscando. Así que Sakura se gira. Pero no hay nadie. Está sola. La pequeña sombra que iba tras sus pasos no la ha seguido. Únicamente la presencia silenciosa de un gato callejero que rebusca en una caja de cartón abandonada le recuerda que el mundo sigue ahí.

—¿Dónde estás? —pregunta con la voz temblorosa—. ¿Dónde estás? —repite, alzando la voz, aunque sin encontrar respuesta—. ¿Por qué te escondes de mí? Quiero que me encuentres. Quiero ir contigo...

El gato alza la cabeza y mira a Sakura con los ojos curiosos. Pero inmediatamente vuelve a sus cosas y, después de dar por finalizada la exhaustiva búsqueda en el interior de la caja de cartón, se aleja con los andares mullidos y elegantes, a seguir ejerciendo de gato callejero.

—Quiero que me lleves contigo...

Sus palabras sin eco se pierden en la soledad del callejón y ella, definitivamente derrotada, se marcha, arrastrando los pies, en busca de un destino al que ya ha decidido entregarse.

Por fin se detiene junto al muro de hormigón que rodea el terreno del señor Utada. Lo recorre hasta dar con el estrecho agujero que, a duras penas, le permite colarse en los dominios del viejo hortelano. Con medio cuerpo fuera y medio dentro, escruta el panorama. A simple vista, parece desierto. Con pasos cuidadosos y alerta, camina entre las verduras y hortalizas. Hay pepinos, tomates, pimientos y patatas. También, en un rincón, crecen zanahorias y nabos. Sobre la tierra removida, descansa una vieja azada, con el mango pulido y brillante, suavizado por el paso del tiempo y el roce de las manos callosas del señor Utada. Un poco más lejos, junto a una cesta de plástico vacía, hay unos zuecos miserables que parecen dos barcas, abandonadas y en desuso, sobre la arena de la playa, olvidadas para siempre por el mar.

Los delicados pasos de Sakura se dirigen, calzados de miedo, tratando de inventar una excusa creíble, a la destartalada casucha que hay en una esquina del huerto.

Un cuervo levanta ruidosamente el vuelo desde el tejado de madera, y el corazón de Sakura da un brinco. Pero no es más que un cuervo. Emplumado y negro. Además, no hay de qué preocuparse: la puerta de la miserable vivienda del señor Utada está cerrada con una gruesa cadena y un candado.

Sakura consigue por fin relajarse y, volviéndose, contempla el pequeño huerto. Es un extraño lugar, rodeado por la hostilidad de los edificios, del tráfico y del progreso. Resulta insignificante y anacrónico junto a todo ese metal, cristal y cemento que vertebra el centro de Hiroshima. Sin embargo, al alzar la vista hacia el cielo, la maraña de cables que empequeñece y limita el horizonte de la ciudad sí que ha conquistado el firmamento que se extiende sobre el pequeño huerto, mancillando el blanco de las nubes que pasan por encima, camino del mar. El azul es un puzle dibujado por incontables líneas negras que se entrecruzan. Pero, al mirar hacia abajo, la tierra es cálida y acogedora, y las hojas son verdes, y los frutos rojos, verdes o amarillos. Y el aire parece más fresco y ligero. Definitivamente, es un buen lugar. El lugar perfecto para hacer lo que está decidida a hacer.

Podría haberse quedado en casa, y tragarse un frasco entero de pastillas. Podría haberse tirado a las vías del tren, o haber subido a la azotea de alguno de los altos edificios cercanos. Pero no es eso lo que quiere. A pesar de todo, no pretende grabar en la mente de su madre la imagen de su hija muerta, tirada en el suelo del cuarto de baño, con la ropa manchada de vómitos y el gesto desencajado por las convulsiones. No quiere que sus padres tengan que gastar una fortuna en la indemnización que tendrían que pagar a la compañía ferroviaria por perturbar el imperturbable servicio del Shinkansen. Ni tampoco quiere que, tras reventarse contra el suelo, los restos de su cuerpo salpiquen y manchen las pulcras aceras de Naka-ku. Además, antes de que todo acabe, anhela librarse definitivamente de su maldición. Desea ver esa mano deforme, que le resulta tan ajena y extraña, arrancada, separada del resto de su ser. Entonces podrá marcharse de este mundo, mientras siente que la sangre abandona su cuerpo para siempre. De algún modo, sabe que el señor Utada ya ha visto mucho, y cree que encontrarse con su cadáver, mutilado y desangrado, no alterará demasiado el latir de su viejo corazón. En todo caso, tal vez lo cubra con un ligero velo de tristeza.

Junto al pequeño sendero que discurre entre las matas de tomates y pepinos, hay una piedra bastante grande. Al señor Utada debe de serle de alguna utilidad, aunque Sakura no es capaz de imaginar cuál. Sin embargo, sí es perfectamente capaz de imaginar para qué puede servirle a ella.

Enseguida se arrodilla junto a la piedra y deja al lado la mochila. La abre y saca el cuchillo que ha cogido de la cocina de su madre. Retira con cuidado el trapo que lo envuelve y, de nuevo, contempla sus ojos reflejados en la hoja afilada. Entonces, por un momento, duda, y el miedo se abre camino en su cabeza. Miedo al dolor, a la larga agonía. Y, sobre todo, un miedo oscuro y atávico a la muerte. Pero sus ojos viajan de su metálico reflejo hacia el final de su brazo derecho. Y allí está la mano. Cubierta con la manopla de algodón blanco.

Sakura deja el cuchillo sobre la piedra y, con delicadeza, se quita la manopla: al descubrirla, la mano sigue sin vida. La piel sigue siendo de un extraño tono grisáceo, y los dedos continúan retorcidos y amorfos. Una lágrima recorre su rostro endurecido, barriendo a su paso cualquier sombra de duda, arriando los miedos. Entonces recoge el cuchillo de la piedra y, en su lugar, coloca la mano deforme. Hace acopio de todas sus fuerzas, sujeta el cuchillo con firmeza y lo levanta por encima de la cabeza. Respira hondo y alza la vista al cielo. En las alturas, vuelan dos golondrinas. Juguetean con el aire, se acercan, se alejan y vuelven a acercarse. A ojos de Sakura parecen enjauladas, atrapadas en la prisión que delimitan los cables negros que clavan sus fronteras en el firmamento. Pero en ese momento sus vuelos se hacen más anchos, y los barrotes de aquella imaginaria jaula se quiebran, y no son ya más que absurdas líneas que manchan la pureza del cielo.

Sakura cierra los párpados unos segundos y a su mente acuden los ojos de su madre. Una mirada que no sabe descifrar. Y acuden también la frialdad de su padre y las burlas de sus compañeros. Puede ver además la foto de su querida Aiko. La única imagen que ha visto de ella. Porque, a pesar de que es, sin lugar a dudas, su mejor amiga, su única amiga, solo se han relacionado a través de Internet. En la foto aparece junto a un enorme muñeco de Doraemon, con el gesto desafiante y sus muchos kilos de más. Pobre Aiko. Le apena dejarla sola; pero ya no es capaz de seguir con su vida.

Sakura baja la cabeza, aún con los ojos cerrados. Aprieta los dientes, tensa los músculos de su brazo izquierdo y deja la mente en blanco. Está preparada para hacerlo. Así que abre los ojos para no fallar el golpe. Y, al abrirlos, allí está otra vez. En el huerto del señor Utada, a poco más de un par de metros de ella.

Siente un extraño alivio al ver la pequeña figura. Se reconforta y, a la vez, se ve reafirmada en su decisión, porque, si como cree, se trata del emisario de la muerte, está dispuesta a seguirlo. Pero entonces, para su sorpresa, uno de los pequeños brazos que hay bajo la parka negra se mueve y retira la enorme capucha. Y ante ella se muestra el rostro serio e interrogante de un niño.

—¿Qué estás haciendo? —le pregunta el niño.

英雄の息子

Eiyu no musuko
(El hijo de un héroe)

Tetsuo y la abuela

Tetsuo está sentado en la silla del recibidor. La abuela está en la habitación que tiene el suelo de tatami, sentada junto a la mesa baja, cose un botón de la camisa del abuelo.

A Tetsuo le cuelgan las piernas. La silla es muy grande y alta. No se parece en nada a la silla de su casa. Esta, la de sus abuelos, en la que está sentado, es negra y un poco rara. A Tetsuo no le parece una silla. Mirándola, le recuerda más a la puerta de un templo, a un barco antiguo, o a la entrada de un castillo. Incluso, algunas veces, si la mira entrecerrando los ojos, le parece que es un señor muy serio que está siempre muy quieto. Tiene la piel oscura y no tiene cuello, aunque sus brazos y piernas son largos y delgados. Sin embargo, cuando uno mira su silla, la de casa, está claro que se trata de una silla. La mires como la mires nunca deja de serlo. El respaldo es siempre un respaldo. Las patas son patas y el asiento es siempre un asiento. Su silla, la de casa, es de color azul. De un azul un poco más oscuro que el cielo, bueno, no que el cielo de la noche, que ese es casi negro. Además, su silla tampoco tiene luna ni estrellas. Aunque bien pensado, no le disgustaría que las tuviera.

Tetsuo mira a su abuela de reojo. Está enfadada con él, y la abuela, cuando se enfada, en lugar de gritar o de ponerse triste, se sienta junto al *kotatsu,* saca la caja de los hilos y se pone a coser, muy concentrada y muy seria. A veces cose un botón, o remienda un calcetín, o arregla las costuras de los grandes calzoncillos del abuelo. A Tetsuo le encantan los calzoncillos del abuelo. Parecen las velas de un enorme velero, tan blancos y anchos.

Tetsuo piensa en ese velero, que le lleva por el ancho mar, a correr mil aventuras junto a su amigo Koji. Pero Koji no está con él. Tetsuo no sabe dónde está. Tal vez él tampoco esté yendo a la escuela. Tal vez él también esté viviendo con sus abuelos, muy lejos de casa.

La abuela sigue cosiendo. Cuando, por el rabillo del ojo, ve que su nieto no la está observando, no puede evitar dirigirle una mirada tierna. El pobrecillo tiene que estar pasándolo mal. Alejado de su madre. Intentan no contarle demasiado, sabiendo la situación en la que se encuentra su padre. A pesar de todo, ella está ahora a cargo de su cuidado y su educación, y no puede permitir que Tetsuo se comporte de esa manera. Qué dirá su madre si, cuando vuelva a reunirse con él, su pequeño se ha convertido en un desobediente y un malcriado. Aunque es difícil para una abuela. Hasta ese momento, en las pocas ocasiones en que, debido a la distancia, ha podido estar con su nieto, su labor ha sido, precisamente, la de consentirle y malcriarle. Pero ahora ella tiene que ocuparse del pequeño. Y, si es necesario regañarlo y castigarlo, no dudará en hacerlo.

Tetsuo balancea las pequeñas piernas, sentado en la silla, mirándose las puntas de sus zapatillas de lona roja.

La abuela termina de remendar los calzoncillos del abuelo, se va al salón y enciende el televisor. Hoy comienza un nuevo culebrón. Según ha leído en la revista *Dorama,* parece ser que trata de una chica que va a casarse y su novio, que tiene un accidente de coche, pierde la memoria. Entonces se van sucediendo los enredos hasta que la chica consigue que su prometido vuelva otra vez a enamorarse de ella.

La abuela se acomoda en el sofá y, casi enseguida, se queda dormida.

Tetsuo escucha sus fuertes ronquidos. Además de eso, hay otro ruido que, aunque débilmente, logra alcanzar sus oídos. Es la caótica música de la calle. La sirena de un coche de bomberos, que parece acercarse para alejarse después, un perro que ladra... Y Tetsuo, acostumbrado como está a vivir de puertas para afuera, siente que esos sonidos son una llamada. Lo están llamando a él, reclamando su presencia más allá de la puerta junto a la que está sentado.

La abuela sigue roncando. Tetsuo ya conoce bien esa rutina suya que parece un hecho aislado, casual, pero que se repite siempre a la misma hora, día tras día. Entonces, con mucho sigilo, se levanta de la silla y se dirige a la puerta. No se olvida de ponerse la parka. La abuela le ha dicho que hay que salir siempre bien abrigado. De ninguna manera quiere que se resfríe. Así que se pone la capucha. Porque la abuela también le ha dicho que debe protegerse los oídos.

Tetsuo se marcha furtivamente, saltándose el castigo, sin permiso. Pero, eso sí, bien abrigado.

Cierra la puerta con mucho cuidado, después de comprobar que, en el bolsillo derecho de su parka negra, están las llaves. Las ha cogido del cestito de bambú que hay junto a la puerta. Porque, aunque solo tenga siete años, ya tiene siete años. Y los de siete, por lo menos él, ya saben abrir la puerta con la llave. Además, de algún modo tiene que poder regresar sin que la abuela se dé cuenta de su marcha. Rápidamente recorre los pocos metros que hay hasta la calle. La casa de sus

abuelos está en el piso bajo del edificio y, enseguida, sus pequeños pies lo depositan sobre la acera. A su derecha está la
tienda de servicios informáticos, con su letrero de brillantes
luces azules y rosas que nunca se apaga. Se dice que no va a
alejarse mucho. No conoce la ciudad y se puede perder. No irá
más allá de aquella esquina. Otra cosa muy distinta sería si es-
tuviese en casa, en su ciudad. Allí sabe moverse con la seguridad de un explorador indio, sin perderse jamás. Por mucho
que se aleje, es capaz de regresar sin dudarlo un instante desde
cualquier lugar de su barrio. Pero Hiroshima es muy grande, y
ese barrio no se parece en nada al suyo. Allí los edificios son
todos iguales: altos, feos y grises. Sin embargo, donde él vive
hay bonitas casa bajas y agradables jardines.

Además, aunque la abuela suele dormir durante un par de
horas frente al televisor encendido, hasta que la despierta la
llegada del abuelo, que regresa de su habitual jornada de pesca, es mejor no arriesgarse. No sea que, precisamente hoy, le
dé por despertarse antes.

Tetsuo se acerca a la esquina de la que ha decidido no pasar. Se detiene y contempla la calle que se abre a su izquierda.
Por ella camina una chica que viste uniforme escolar. Él también llevaba uno, antes, cuando iba al colegio. Cuando estaba
en casa. Pero ahora ya no. La chica se dirige hacia él, con los
pasos lentos y la cabeza baja. Aunque solo lleva una mochila,
parece cargar sobre sus hombros algo mucho más grande y pesado. De pronto, la chica se detiene. Levanta la cabeza con
gesto sorprendido y mira fijamente el muro de hormigón que
hay a su derecha. Aunque todavía está lejos, Tetsuo advierte
que la actitud de ella cambia. Sus hombros se relajan por un
momento, como si alguien le hubiese quitado el enorme peso
que antes soportaba. Y, desde la distancia, Tetsuo cree adivinar

que sonríe. Instintivamente, él también sonríe. Un segundo después, la chica reanuda la marcha. Entonces su mirada se cruza con la de Tetsuo y se detiene, paralizada. Él permanece inmóvil, como ante un animal desconocido y salvaje. Los segundos parecen interminables, eternos. Pero un enorme todoterreno irrumpe en la calle a toda velocidad, arremolinando el aire. Al pasar junto a la chica, su falda se levanta, mostrando a los inocentes ojos de Tetsuo la inmaculada prenda de algodón blanco que hay debajo. Ella intenta taparse, y él, sintiendo como sus mejillas enrojecen y arden, sale corriendo.

Corre sin mirar atrás, y, también a toda prisa y sin mirar atrás, entra en el portal. Con mucho cuidado saca las llaves del bolsillo y, con más cuidado aún, abre la puerta. Nada más entrar en el apartamento de sus abuelos, siente como el aire vuelve a sus pulmones y como la sangre vuelve a correr por sus venas. Porque la abuela sigue roncando, tumbada en el sofá, con la televisión encendida.

Tetsuo y mamá

Hola, mamá —dice Tetsuo después de coger el teléfono que le ha pasado la abuela.

—Hola, Te-chan. ¿Cómo estás? ¿Te estás portando bien? ¿Haces caso a los abuelos?

—Sí, mamá.

—¿Y te comes todo lo que te ponen?

—Sí, mamá.

—Recuerda que, aunque no te guste, tienes que comértelo todo.

—Sí, mamá.

—¿Te entretienes con la abuela? Intenta no molestarla mucho cuando está haciendo las cosas de la casa. Aunque supongo que te aburrirás, incluso puede que eches de menos ir a la escuela.

—Un poco.

—Es normal, hijo. No tener a nadie con quien jugar...

—Sí... bueno... no es eso...

—¿Qué te pasa? Cuéntamelo, por favor.

—No me pasa nada. Solo es que me gustaría volver a casa.

—Ya te lo he explicado. Ahora no puede ser.

—Pero tú estás ahí, y a mí me gustaría estar contigo.

—Ya te he dicho que no puede ser...

—Pero es que, si vuelve papá, y yo no estoy...

—Te-chan, es precisamente por tu padre por lo que no puedes regresar. Yo tengo que estar pendiente de él. Podrían llamarme en cualquier momento, y entonces me sería imposible ocuparme de ti. Además, en Hiroshima estás muy bien. Los abuelos te quieren mucho y la abuela tiene todo el tiempo para ocuparse de ti.

—Ya lo sé; pero es que yo...

—Te-chan...

—¿Y si papá no vuelve nunca?

—No digas eso. Seguro que vuelve. Ya lo verás. Pero si no...

—Si no ¿qué?

—Nada hijo, no te preocupes. Ya verás como todo se arregla muy pronto. Muy pronto todo volverá a ser como antes.

Un largo silencio, denso y asfixiante, se adueña de la línea telefónica durante unos segundos.

—¿Mamá...?

—Dime.

—Yo quiero mucho a papá.

—Ya lo sé. Yo también lo quiero mucho.

—Entonces, ¿por qué no vuelve a casa?

—Ya te lo he explicado.

—Pero es que no lo entiendo.

—No puede volver. Tiene que cumplir con su deber.

—Pero yo quiero que vuelva. No quiero que esté allí.

—Yo tampoco quiero. Pero tiene que hacerlo.

—¿Por qué?

—Tetsuo, no quiero tener que volver a repetírtelo. Es su deber y el deber es lo primero.

—Pero yo quiero estar en casa. Con papá y contigo.

—Te-chan...

Tetsuo no puede contenerse y rompe a llorar. Es un llanto entrecortado, nervioso. Un llanto que, después de recorrer la distancia y el tiempo que hay entre los dos teléfonos, contagia a su madre. Porque en su corazón las palabras que ha dicho a su hijo se sostienen apenas por delgadas y quebradizas columnas.

—No llores, Te-chan. Ya tienes siete años. Tienes que ser muy valiente. Además, muy pronto llegará la primavera. Entonces verás lo bonita que es la ciudad. El parque de Hijiyama, y el de Mitaki. Seguro que, al final, no querrás volver.

—Sí que querré. Y este sitio no es bonito. Los abuelos no tienen jardín, y no me dejan salir a jugar a la calle. Dicen que podría pasarme algo malo. Pero yo ya soy mayor. En casa siempre salgo solo, y nunca me pasa nada malo.

—Lo sé, hijo; pero tú no conoces ni el barrio de tus abuelos ni la ciudad. Y la abuela ya es mayor, y tiene miedo de que te suceda cualquier cosa. Sufriría tanto si te pasara algo estando a su cuidado...

—No va a pasarme nada. ¿Es que no os dais cuenta de que ya tengo siete años?

—Te-chan, hijo, no te enfades. Pronto volverás a casa y esto no será más que un recuerdo.

—Y ¿cuándo es pronto?

La madre guarda silencio. Tetsuo puede escuchar su respiración. Suena intermitente, cansada. Y mientras, espera una respuesta que no llega.

—Tetsuo, sé bueno y haz caso a los abuelos. Volveré a llamar en cuanto pueda.

—Mamá...

—Hasta pronto, hijo.

Suena el clic. Y el tono impersonal y monótono de la línea recién desocupada sustituye a la voz de su madre. Tetsuo continúa un rato con el auricular pegado a la oreja, escuchando el sonido que ha dejado la ausencia de su madre. Cierra los ojos y tras la oscuridad de los párpados se difumina el rostro asustado de ella. Cuando la imagen de su madre se diluye entre las sombras, Tetsuo abre los ojos de nuevo y encuentra el rostro surcado de arrugas y desvelos de su abuela.

El niño le devuelve el teléfono y, con la mirada enganchada en las puntas de sus pies, se marcha a su habitación. La abuela le deja pasar, agachando también la cabeza, abrumada por su pesadumbre y su silencio.

Tetsuo se deja caer en el suelo. Le gustaría tener una cama, como en casa, pero los abuelos duermen en futones. Hasta la caída de la tarde la abuela no los saca del armario y los extiende sobre el tatami, así que se tiene que conformar con recostarse sobre la superficie de madera. Apoya la cabeza en su brazo izquierdo y se encoge sobre sí mismo, enroscándose como un gato sobre una tapia calentada por el débil sol de invierno. Tumbado así se olvida de que ya tiene siete años, y se siente indefenso y desvalido, poco más que un bebé o un cachorro.

Anhela la firme seguridad que le proporciona la voz de su padre, su simple presencia; pero, en lugar de llamar a sus recuerdos más amables y tranquilizadores, su mente repone las imágenes que ha visto por televisión. A pesar de que, primero su madre y después sus abuelos, han hecho todo lo posible por evitárselas. Sin embargo, no recuerda cómo ni cuándo las ha visto. Ha visto la desolación, los extraños trajes y las aterradoras llamas.

Tetsuo y el señor Yamagata

El señor Yamagata espera en el rellano de la escalera. Normalmente es el abuelo el que tiene que esperar al señor Yamagata, pero, en esta ocasión, el abuelo no encuentra su sombrero de pesca por ningún lado. A sus espaldas, Tetsuo escucha como discute con la abuela, acusándola de haberle escondido el sombrero. Tetsuo, que observa al señor Yamagata desde la puerta, no sabe para qué puede querer la abuela esconderle al abuelo su sombrero de pesca.

El señor Yamagata parece impaciente. Sin embargo, cuando es el abuelo el que espera, Tetsuo no ha visto en su rostro redondo y sonrosado ni la menor sombra de prisa. Pero debe de ser que el tiempo del señor Yamagata es más valioso que el tiempo del abuelo.

El señor Yamagata mira a Tetsuo, pero enseguida mira al techo, luego al suelo, después a esa pared, ahora a aquella otra... Y entonces vuelve a mirar a Tetsuo. Debe de sentirse incómodo, con la caña en la mano, la cesta de bambú en la otra, vestido con el chaleco de bolsillos infinitos, y con ese extraño sombrero en el que hay enganchados montones de anzuelos.

Al menos, Tetsuo lo estaría. Sería como ir al templo el día de año nuevo vestido con su traje de béisbol. Aunque su traje de béisbol es mucho más chulo que el traje de pesca del señor Yamagata.

—¿Sabes si va a tardar mucho tu abuelo?

Tetsuo se encoge de hombros.

—Se nos va a hacer tarde y no va a picar ni uno.

El señor Yamagata carraspea, cada vez mas incomodo e impaciente. Esboza una sonrisa insegura y se rasca el cogote con brusquedad.

—¿Qué tal con los abuelos? Bien, ¿verdad? —dice, y enseguida vuelve a mirar para todos lados.

—Aunque supongo que, como en casa de uno...

El señor Yamagata estira el cuello, tratando de encontrar a su compañero de pesca.

—Tienes que estar orgulloso de tu padre —dice de pronto, sobresaltando a Tetsuo—. Tu padre es un héroe, ¿lo sabías? Los jóvenes deberíais tomar ejemplo.

Tetsuo siente como un escalofrío recorre su cuerpo al escuchar a aquel hombre hablar de su padre. En ese momento, el abuelo aparece a su espalda.

—Perdóneme, Yamagata-san —dice ceremoniosamente, acompañando sus palabras con una profunda reverencia—. No encontraba mi gorro de pesca.

El señor Yamagata menea la cabeza y se dirige hacia la calle. El abuelo va tras él.

—A estas horas ya no va a picar ni uno.

Tetsuo y el abuelo

El abuelo hojea las páginas del periódico sin demasiado interés, guiado más por la costumbre que por el afán de conocimiento. Las noticias, los avatares que agitan el mundo, pasan ante sus ojos sin despertar en él otra cosa que hastío, incluso, en ocasiones, desánimo. Sin embargo, a pesar de ello, al día siguiente volverá a comprar el periódico y, de nuevo, se sentará frente al *kotatsu* y, una tras una, irá pasando las páginas. Sus ojos resbalarán sobre los símbolos de tinta negra, sobre los anuncios de coches, sobre las cifras y los gráficos. Y, aunque su mente y su corazón sean ya impermeables, repetirá ese gesto hasta el final de sus días.

La televisión está encendida. Tumbado bocabajo sobre el tatami, con los pies levantados, los codos hincados en el suelo y las mejillas apoyadas en las palmas de las manos, Tetsuo ve los dibujos.

—Abuelo, ¿tú crees que Naruto vencerá a la Organización Akatsuki?

—Supongo —responde el abuelo, sin levantar la vista del periódico, y sin saber muy bien qué le ha preguntado su nieto.

—Yo creo que sí.

El abuelo levanta un instante la cabeza. Su nieto está justo al lado, en el salón. Tiene los ojos clavados en los dibujos que hay en la televisión, así que sobre ellos debe de haberle preguntado. Inmediatamente retoma la lectura, y se despreocupa. Por un momento ha temido que Tetsuo le estuviera preguntando por su padre. Tiene que vigilar lo que aparece en la televisión, no quiere que vea lo que no debe ver. Sin embargo, ahora esta con los dibujos, asi que no hay por que alarmarse.

—Abuelo, ¿crees que llegará a ser un héroe?

—¿Cómo dices?

—Naruto. ¿Crees que se convertirá en un héroe?

—Seguro —responde, sin saber muy bien a qué se refiere. Tetsuo medita por unos segundos.

—¿Y yo? ¿Algún día llegaré a ser un héroe?

—¿Tú? Esperemos que no —contesta su abuelo, prestándole algo más de atención, pero sin dejar de pasar las páginas del diario.

Tetsuo se sorprende al escuchar la respuesta.

—¿Por qué no quieres que yo llegue a ser un héroe, abuelo?

—Los héroes de la vida real siempre acaban mal. O terminan muertos o, lo que es peor, se descubre que no son más que unos farsantes.

Tetsuo se vuelve bruscamente hacia el hombre que no deja de leer el periódico, con el rostro falto de toda expresión. El niño ha recibido sus palabras como si fueran una bofetada, seca, dolorosa, inesperada. En su mente se mezclan con otras palabras, las del señor Yamagata: «Tu padre es un héroe», ha dicho esa misma mañana. Entonces, según lo que ha afirmado su abuelo, el destino de su padre no es otro que la muerte. Porque de una cosa sí está seguro: su padre no es ningún farsante. Es un hombre bueno y honrado. Y el señor Yamagata no es el primero que asegura que es un héroe. Se lo ha oído decir al compañero de trabajo de su padre, que apareció por casa, a su abuela, incluso a su madre. Así que no cabe duda. Su papá no va a volver. Morirá en la central, luchando contra el fuego, y contra esa otra cosa que le han dicho. Radiación, le parece que se llama.

Tetsuo y Sakura

Tetsuo está en la calle, con el abuelo y el señor Yamagata. Hoy no es día de pesca, y cuando no es día de pesca, la abuela deja que vaya con ellos a hacer los recados. Recorren el barrio deteniéndose en un par de viejas tiendas, de las pocas que aún quedan en pie en Naka-ku. Las grandes cadenas y franquicias, las modernas tiendas de moda o de aparatos de última tecnología han desplazado a los antiguos comercios a zonas más alejadas del centro de la ciudad. El abuelo y el señor Yamagata siempre dicen que ellos también deberían marcharse del barrio, a algún lugar más tranquilo y adecuado a sus vidas de jubilados. Sin embargo, no son más que palabras.

El señor Yamagata se detiene de pronto, atrapado por el hipnótico escaparate de una tienda recién abierta.

—¡Hattori! —exclama, llamando al abuelo por su nombre de pila.

El abuelo, sorprendido, se vuelve hacia él. Enseguida se acerca al escaparate, y, de igual modo que le ha sucedido al señor Yamagata, lo caza la invisible red que ha tendido el escaparate.

El escaparate de Artículos de pesca del Mar de Seto.

Tetsuo, sumido en sus propios pensamientos, sigue caminando. Y ni el abuelo ni el señor Yamagata se dan cuenta de que el niño se aleja.

Tetsuo dobla la esquina y descubre a la chica. Es la misma con la que se ha encontrado la tarde anterior. La que estaba mirando el muro que protege el huerto del señor Utada. La misma a la que el coche le levantó la falda, dejando sus bragas a la vista. Al recordarlo, el rubor vuelve a sus mejillas; pero, esta vez, permanece inmóvil. Ella también se queda quieta, mirándolo de forma extraña.

Tetsuo siente la necesidad de decirle algo, aunque no sabe qué. Sin embargo, sus pies deciden dar un paso, acortando la distancia que hay entre ellos.

La chica sigue sin moverse. Tetsuo piensa que parece asustada. También parece triste. Y, aunque no sabe explicar por qué, piensa que parece estar muy sola. Lo mismo que él. Entonces sabe que quiere hablar con ella. Está convencido de que puede hablar con ella, de que debe hacerlo. Y da otro paso más.

El terror inunda los ojos de la chica que, súbitamente, echa a correr, huyendo de Tetsuo.

Tetsuo alarga la mano hacia ella para retenerla. Pero ella se aleja rápida y alocadamente.

Va a doblar la esquina, va a perderla de vista pero, instantes antes de que eso ocurra, Tetsuo se lanza tras ella y se olvida de dónde está. Olvida a su abuelo y al señor Yamagata, que siguen mirando, extasiados, el escaparate de Artículos de pesca del Mar de Seto. La chica no se detiene, y, tras unos segundos, Tetsuo no la ve. Se ha perdido entre la gente, tras las farolas, bajo los adoquines, oculta en el gris de las paredes.

Tetsuo deja de correr, y camina arrastrando los pies, con el aliento entrecortado. Sus pasos le conducen hasta el cercano callejón donde se encuentra el huerto del señor Utada. Por el estrecho hueco que hay en el muro de hormigón desaparecen unas piernas y unos zapatos que enseguida reconoce, y va tras ellos.

Tetsuo asoma apenas la cabeza por el agujero y ve a la chica, que, con los pasos contenidos, se acerca a la casa del señor Utada. Un cuervo levanta el vuelo y ella se sobresalta. Poco después continúa acercándose a la casita de madera, aunque enseguida se detiene y se da la vuelta. Pasea la vista por el pequeño sembrado, contemplándolo todo con el rostro sereno. Tetsuo se encoge cuando mira hacia el lugar en el que él se encuentra, pero no parece percatarse de su presencia. Entonces ella alza la vista hacia el cielo, y permanece así, con la mirada perdida en las alturas, durante unos segundos. Tetsuo no puede dejar de observarla. Y no deja de hacelo cuando baja la mirada y la posa sobre una piedra que hay en el pequeño sendero que cruza el huerto.

La chica se arrodilla junto a la piedra y se quita la mochila de la espalda. La abre y, despacio, saca algo de su interior. Tetsuo no logra ver de qué se trata, así que, sin pensárselo dos veces, entra en el huerto y comienza a acercarse con sigilo. No consigue ver el objeto que ha sacado de la mochila hasta que ella lo alza sobre su cabeza. Es un cuchillo, enorme y brillante.

Tetsuo recorre la distancia que lo separa de la chica y, cuando está frente a ella, se detiene, en silencio, intentando descifrar la extraña imagen que tiene delante. Entonces la chica, que tenía los ojos cerrados, abre los párpados, y sus ojos se encuentran con los de él.

Tetsuo no halla en su rostro más que calma. Una calma que le resulta perturbadora. Decide quitarse la capucha. Ya no le importa nada coger frío en los oídos. Y la calma desaparece de los ojos de la chica. Ahora hay sorpresa, y miedo, y también vergüenza.

—¿Qué estás haciendo? —se atreve a preguntar Tetsuo.

交差点

Kosaten
(Cruce de caminos)

El relleno de las gyozas

—¿Qué estás haciendo? —pregunta Tetsuo con los ojos fijos en la brillante hoja del cuchillo, que se cierne como un halcón afilado.

Sakura no es capaz de responder. La figura hasta ese instante misteriosa, oscura, tétrica, tiene el rostro y la voz de un niño. Lo que ha imaginado como un pequeño pero implacable mensajero de la muerte, ahora no es más que un pequeño proyecto de hombre, un ser débil, insignificante. El flequillo corto dibuja en su frente una línea imperfecta que resulta a un tiempo vulgar y adorable. Las mejillas sonrosadas parecen pintadas con la flor del cerezo. Y los finos labios se aprietan para protegerse del mundo. Sakura contempla las yemas diminutas de sus dedos, que asoman apenas por las mangas de la parka. Las puntas de sus pies, calzados con unas zapatillas de lona roja, apuntan ligeramente hacia dentro. Después centra toda su atención en sus ojos. Son grandes y oscuros, curiosos y tristes. En ellos hay un velo que difumina el brillo de su niñez, tal vez un miedo apagado, o un tormentoso recuerdo.

Tetsuo aparta la vista del cuchillo y explora a la chica. Tiene el cabello largo, lacio y negro, aunque en una de las esquinas de la frente nace un mechón de un tono mucho más claro, tan claro que el amarillo es casi blanco. Su rostro es muy agradable. Si tuviera que reconocerlo, Tetsuo diría que es guapa. Aunque no como las chicas de la tele. Es guapa como una hermana mayor, o como una mamá. Igual que el día anterior, bajo el chaquetón viste uniforme escolar. No puede ver sus zapatos, ya que está sentada sobre ellos. Sí puede ver su mano. La que está apoyada sobre la piedra.

Los ojos de Tetsuo recorren con sorpresa cada milímetro de esa mano. Por más que la mira, piensa que esa mano no debería estar ahí. No se parece en nada al resto de la chica. No se parece a su pelo, ni a su cara, ni a su cuerpo. Es como si, debajo del abrigo, un extraño duende se hubiera ocultado, y una de sus pequeñas manos, gris y arrugada, tratase de escapar por la manga.

Sakura se da cuenta de que el niño no deja de mirar su mano. Entonces se percata de que en la otra, la que está alzada sobre su cabeza, sostiene un enorme cuchillo. Y siente vergüenza. Una vergüenza doble. Una de esas dos vergüenzas es muy antigua. Tan antigua que la ha acompañado siempre. La otra tiene que ver con el hecho de que alguien, un niño además, sea testigo de sus brutales intenciones. Se imagina a sí misma ante los ojos de ese niño, con el enorme cuchillo en alto, amenazador. La imagen le resulta grotesca, salvaje y obscena. Todo en ella le parece repugnante. Entonces, rápidamente, baja el brazo y, sin detenerse a envolverlo en el trapo, guarda el cuchillo en la mochila.

—¿Qué haces? —pregunta de nuevo el niño.

Sakura baja los ojos, esconde la mano deforme en el regazo, y siente como sus mejillas se ruborizan.

—¿Vas a cortarte la mano? —interroga Tetsuo.

Sakura levanta la cabeza sorprendida. No esperaba una pregunta tan directa, tan desnuda.

—¿Te duele mucho?

—¿Qué?

—La mano. ¿Te duele mucho?

—No, no me duele pero ¿por qué me preguntas eso?

—Entonces, si no te duele, ¿por qué quieres cortarla?

Sakura no puede responder a eso. No tiene fuerzas para explicarle al niño todo lo que tendría que explicarle. Además, tampoco cree que él pudiera entenderlo.

—¿No te gusta esa mano?... La verdad es que es un poco fea... Y es rara. No parece tuya.

Sakura no puede más que sacar la mano oculta. Necesita mirarla, casi como si fuera la primera vez. Es cierto que no parece suya.

—¿Naciste con la mano así? A lo mejor pueden ponerte otra nueva. En Tokio seguro que pueden. Mi mamá dice que en Tokio hay unos médicos buenísimos que pueden curar cualquier cosa. Me ha dicho que si mi papá se pone malo, lo llevarán a Tokio, y los médicos de allí lo curarán. Seguro que también pueden curarte la mano. O ponerte una nueva.

Sakura sonríe con amargura. Porque ella ya ha estado en Tokio. Y ha ido a ver a esos médicos tan buenos. Pero ellos no supieron cómo curarle la mano. Y tampoco pudieron ponerle una nueva.

—¿Cómo te llamas? —pregunta. Es lo que marcan las buenas maneras y, además, quiere alejar la atención de sí misma y de su mano.

—Tetsuo. Me llamo Tetsuo Watanabe.

—Yo me llamo Sakura Ochida.

El niño sonríe tímidamente.

—Y dime, Tetsuo, ¿por qué piensas que tu papá puede ponerse malo?

Tetsuo baja la vista y calla unos segundos. Con la puntera de uno de sus zapatos remueve la tierra del sendero que recorre el huerto del señor Utada.

—Ahora ya no pienso eso.

Sakura descubre que en su voz, en lugar de alivio, hay un profundo pesar.

—Y ¿qué es lo que piensas ahora?

Tetsuo tarda en responder.

—Ahora creo que mi papá se va a morir.

Las palabras del niño golpean a Sakura con violencia, y su pequeña figura se vuelve aún más indefensa. Un pajarillo caído del nido, un pez que se ahoga en un charco de lodo.

Sakura querría decirle al niño que eso no es cierto, que su papá no se va a morir. Seguro que los médicos de Tokio pueden curarlo, seguro que se va a poner bien. Pero Sakura no dice nada de eso. Porque sabe que la gente no se cura siempre, hay gente que muere, todos los días, dejando tras de sí océanos de dolor, ríos de lágrimas. Dejando tras de sí pequeños niños desconsolados.

—¿Por qué crees que tu papá se va a morir? —pregunta, con un nudo en la garganta.

Tetsuo clava sus ojos en ella y, después de unos segundos en los que parece haber crecido una vida entera, responde:

—Porque mi papá es un héroe.

Las palabras del niño desconciertan a Sakura. Esperaba oír palabras ya oídas, lugares de muerte comunes. Enfermedad, cardiopatía, cáncer, proceso degenerativo, situación terminal, agonía... Pero, de ninguna manera, estaba preparada para lo que acaba de escuchar.

Tetsuo mira ahora a través de los ojos de ella, al horizonte, más allá incluso. Parece buscar en el tiempo que aún no ha llegado una imagen de gloria, algún consuelo. Sus pupilas brillan, veladas de orgullo, un orgullo de niño que viste al hombre común, aunque único e insustituible, con la armadura del samurai vencido, que entrega su cuerpo y su vida por un ideal de honor.

Mientras, Sakura intenta imaginar al padre de ese niño. Le resulta difícil hacerlo, pues, hasta ahora, en su mente no vive nadie más que ella misma. Ella misma, su amargura, su soledad, y su propio padre. Ese señor que no está ni se le espera. ¿Cómo podría hablar de él con tanto orgullo? ¿Cómo podría permanecer en pie, con la frente alta, admirando sus actos, idolatrando su espectro? La respuesta es sencilla. No podría. No puede. Sin embargo, allí sigue Tetsuo, con las lágrimas contenidas, con el estómago encogido, con la mirada cargada de recuerdos que lo acompañarán y reconfortarán toda su vida. A pesar del miedo, del dolor y de la inabarcable ausencia.

—¿Un héroe? —pregunta por fin Sakura, pues no encuentra más palabras en el fondo de su garganta.

—Lo dice mi mamá. Y también mi abuela. Y el señor Yamagata. Y también el amigo de mi papá.

—¿Y por qué crees que se va a morir?

—Mi abuelo dice que los héroes de verdad siempre acaban muertos. Y mi papá es un héroe de verdad... Tengo que estar muy orgulloso de él. Mamá dice que está cumpliendo con su deber, pero yo no quiero que muera. Prefiero que vuelva a casa. Aunque no sea un héroe de verdad.

Sakura siente como todo su cuerpo quiere acercarse al niño. Siente la necesidad de abrazarlo, consolarlo. Sin embargo no se mueve. Permanece de rodillas, sobre la tierra del huerto del señor Utada.

—¿Tú papá es un héroe? —pregunta de pronto el pequeño. A Sakura las palabras de Tetsuo le parecen pronunciadas en un idioma extraño, inventado y ridículo. ¿Su padre un héroe? El niño espera una respuesta.

—No, Mi padre no es ningún héroe

—¿No está cumpliendo con su deber?

¿Su deber? ¿Cuál es el deber de su padre? ¿Trabajar hasta que cae la noche? ¿No ver nunca a su familia? ¿Ganar mucho dinero? ¿Estar siempre enfadado y estresado? Tal vez sea ese su deber. Tal vez su padre sea un héroe, un héroe moderno con un lujoso apartamento en propiedad, con un carísimo coche extranjero, con una rebosante cuenta corriente y una productiva cartera de acciones. Sin embargo, Sakura está convencida de que ese no puede ser el deber de un padre, y de pronto se imagina a sí misma, con la misma edad que Tetsuo, regresando del colegio, viviendo una vida que nunca ha existido. Regresando a una pequeña y modesta casa en las afueras. Su padre llegaría casi enseguida, corriendo de su trabajo mal pagado, a jugar con su pequeña. Y le contaría mil historias. Por ejemplo, le contaría que, justo antes de que ella naciera, un pequeño y travieso duende, escapó de una oscura mazmorra del castillo de un mago poderoso y perverso. Al verse acorralado, se había escondido en el lugar más seguro y oculto que había sido capaz de encontrar: el vientre de su madre. Sí, de su madre, de Sawako Ochida, la misma que, en esos momentos, preparaba el relleno de las deliciosas *gyozas* que iban a cenar esa noche. Le contaría que el perverso mago había descubierto el escondite del duende, y que, valiéndose del más potente y oscuro de sus hechizos, había logrado sacarlo de su cubil y lo había mandado de regreso a las mazmorras. Sin embargo, el duende, que de ninguna manera quería permanecer encerrado para el resto de sus días, se había arrancado una mano, en la que había depositado toda su magia y toda su fantasía, y la había cambiado por una de las pequeñas manitas del bebé que crecía en el vientre de Sawako. Entonces Sakura habría mirado su mano deforme con los ojos y la boca muy abiertas, casi como si esa mano rara y fea fuera un maravilloso tesoro escondido a los ojos de todos. Su padre la abrazaría de repente, y le haría cosquillas. Su madre interrumpiría dulcemente sus juegos para anunciarles que el baño ya estaba preparado. Entonces, todos juntos, se sumergirían en el *ofuro* y, después, con los cuerpos y las almas limpios, cenarían la sopa de miso, y las *gyozas,* y el arroz con sésamo negro, y se contarían el día, y reirían. Con el aliento entrecortado por las risas, Sakura miraría a su padre. Y sí podría sentir que estaba mirando a un héroe. A su héroe. Mientras tanto, más allá de las paredes de su modesta casa prefabricada, caería la noche, envolviéndolo todo en su manto de sueños.

Pero eso no son más que imágenes de un pasado que no fue. Unas imágenes que se vuelven borrosas tras el velo de las lágrimas.

—¿Por qué lloras? —pregunta Tetsuo.

Sakura no puede responder. Aunque no aparta la vista. Llora con los ojos muy abiertos, sin dejar de mirar al niño, deseando que todo acabe en ese instante, que el suelo se abra bajo sus pies.

—¿Por qué lloras? —pregunta de nuevo.

Regando el pequeño huerto del señor Atada

Tetsuo quiere preguntar; aunque no se atreve.

Sin embargo, un niño de siete años no es capaz de contener una manada de caballos desbocados.

—¿De verdad vas a cortarte la mano?

Una chica de diecisiete años no es capaz de predecir las palabras de un niño de siete. Y tampoco sabe muy bien cómo responder a sus preguntas.

—No. No te preocupes —miente Sakura. Porque nada ha cambiado, simplemente tiene que posponer sus planes. No puede llevarlos a cabo delante del niño.

Tetsuo menea la cabeza y asiente. Eso de cortarse la propia mano, por muy rara y fea que sea, no le parece una buena idea. Tiene que doler muchísimo. Además, él lo ha leído en el libro sobre el cuerpo humano que le regaló su padre por su cumpleaños, sabe que, si se cortan las venas, uno puede perder toda la sangre. Y, si eso sucede, te mueres.

Entonces ella, que necesita olvidarse de sí misma, también se atreve a preguntar.

—¿Qué es lo que está haciendo tu papá? ¿Cuál es el deber que tiene que cumplir?

Tetsuo se lo piensa unos segundos. Después, con los pies bien plantados en el suelo, responde.

—Mi papá es jefe de ingenieros. Eso es muy importante. Y ahora tiene que estar en la central. Y tiene que evitar que la radiación se escape. Mi papá sabe mucho de centrales y de radiación, es el que más sabe de centrales y de radiación de todo Japón, y solo él puede arreglarlo. Mamá me ha dicho que él es el responsable de que no suceda nada, y que, como es el jefe, tiene que vigilarlo todo y encargarse personalmente de que todo se haga bien. Porque si la radiación se escapa es muy peligroso. Podría llegar a Fukushima. Incluso a nuestro barrio. Y mamá dice que eso papá no puede permitirlo.

Tetsuo traga saliva y, entonces, agacha la cabeza. Se avergüenza de lo que siente, pero no puede evitarlo. A él lo que le importa es que su papá vuelva, que regrese con mamá y con él, sano y salvo.

—Pero la radiación es muy peligrosa. Si te ataca puedes enfermarte o puedes morir. Como pasó en la guerra. Con las bombas. Y yo no quiero que mi papá se enferme o se muera. Yo no quiero que sea más el jefe de ingenieros ni el que más sabe de centrales y de radiación de todo Japón. No quiero que cumpla con su deber ni que sea un héroe. Solo quiero que esté con mamá y conmigo. Y no me importa si al final se descubre que es un farsante. Eso no puede ser peor que morirse. Aunque el abuelo diga lo contrario.

Mientras escucha, Sakura siente como las barreras se resquebrajan. Las que parapetan su corazón, las que la separan de Tetsuo, del resto del mundo. Y cuando eso pasa, no puede más que sorprenderse. Hasta ese momento, nadie, ni tan siquiera su amiga Aiko, había visto lo que ocultaban esos muros. Sin embargo, ante ese niño, tan vulnerable e inocente, puede sentirse fuerte. Lo suficientemente fuerte como para dejar salir a su alma del oscuro e inaccesible escondite. Así que se deja llevar dócilmente por esa desconocida sensación. Y entonces, con un gesto que le resulta tan inesperado como inevitable, estira los brazos hacia el niño, lo atrae hacia su pecho y lo abraza. Lo estrecha con fuerza, casi con rabia, pues con ese abrazo también está abrazando a una niña insegura, asustada y sola. Una niña que nació con la mano deforme e inútil.

Sakura sabe muy bien que esa niña no va a volver. Sus largas noches de lágrimas ocultas bajo la almohada, sus pasos tímidos, apocados, sus gestos turbados y sombríos no van a borrarse, no van a desaparecer. Sin embargo, abrazando a Tetsuo siente que algo de ese abrazo, una brizna, una invisible molécula, podrá cruzar las fronteras del tiempo para confortar y abrigar los delgados miembros, ateridos de frío, de la pequeña Sakura Ochida.

Tetsuo se deja abrazar, aunque, enseguida, él también rodea con sus pequeños brazos el cuerpo de la chica y, tras un largo tiempo de silencios, de angustias que se esconden garganta abajo, llora sin miedo. Todos y cada uno de sus miedos. Sakura abrazada a Tetsuo. Tetsuo abrazado a Sakura. Y, con sus lágrimas, cargadas de sal y de naufragios, riegan el pequeño huerto del señor Utada.

Poco a poco, el tiempo va pasando. El sol recorre, con la parsimonia que confiere la costumbre, los caminos del cielo. Un cielo calmo, plácido, en el que se mecen las gaviotas, que se aventuran tierra adentro, sin perder de vista la quebrada línea que dibuja la costa del mar interior de Seto. También poco a poco los llantos se apaciguan, y el abrazo se vuelve caricia, y entonces la chica y el niño, encaramados sobre el pesado equipaje emocional que cargan, charlan. Hablan de cosas sin importancia. Pero tan importantes...

Tetsuo le habla a Sakura de su amigo Koji, y del pequeño jardín de su casa, donde practica lanzamientos con su padre. Le habla también del entrenador del equipo infantil de béisbol, y de las galletas de arroz que hace su madre. Le habla de todo. Y mientras lo hace, su corazón regresa a la calidez del hogar, y puede sentir como los rayos del sol caldean su cuerpo.

Sakura le habla a Tetsuo de Aiko. Le habla también de sus dibujos, de sus historias. Sin embargo, no le habla de los chicos y las chicas del instituto. Tampoco le habla de su padre, al que no ve casi nunca, ni de su madre. Bueno, de su madre sí. Sin darse cuenta, le habla de su guiso de anguila y de su obsesión por los dramas coreanos. Y mientras lo hace, una sonrisa se dibuja en su rostro. Y sigue hablando. Del futuro, de las pequeñas ilusiones que tiene puestas en él, del camino incierto que se abre ante ella. Sakura olvida por unos instantes que ese futuro está guardado en su mochila, y que no es otro que la afilada hoja de un enorme cuchillo de cocina.

El niño y la chica, arrodillados sobre la tierra oscura, acompañan el paso del tiempo. Con risas, palabras y silencios. Regando el pequeño huerto del señor Utada.

Unas gafas redondas
y un gigantesco y estrafalario bigote

Tetsuo quiere ver los dibujos de Sakura. Pero ella no lleva ninguno en la mochila. Lo que sí que lleva son sus lápices y sus rotuladores. Sin embargo no tiene ningún papel en el que dibujar. Su cuaderno de bocetos sigue donde lo dejó la noche anterior, encima del pupitre de su habitación.

Tetsuo está disgustado, aunque intenta disimularlo. Pero es que le gustaría tanto poder ver sus dibujos... Seguro que lo hace tan bien como los profesionales. Seguro que es capaz de dibujar a Doraemon o a Naruto de memoria.

Sakura percibe su disgusto, pero no puede hacer aparecer un cuaderno de la nada. Instintivamente recorre con la vista los muros del huerto, como si en ellos fuera a encontrar el escaparate de una papelería. Entonces lo ve. Al principio se le antoja una simple sombra, una mancha informe cerca de una de las esquinas. Sin embargo, entornando los ojos, enseguida descubre que esconde algo más. Se incorpora lentamente y, también lentamente, se acerca la sombra. Porque, efectivamente, se trata de eso. Y, a pesar de sus contornos desdibujados, tiene forma humana. La forma de alguien que corre. Ahora puede distinguir claramente la cabeza, los brazos, el tronco y las piernas. Parece detenida en el espacio y en el tiempo. Aunque en esa sombra hay algo extraño. Algo que Sakura menos que nadie, es incapaz de pasar por alto. Se trata de su mano derecha. Es extraña, deforme y retorcida. No parece una mano. Entonces siente como un escalofrío recorre todo su cuerpo. Porque, con los ojos clavados en aquella extraña sombra, le parece estar enfrentándose a su propio reflejo. Sin embargo, cuando se encuentra a pocos centímetros, puede ver con claridad que lo que había imaginado una mano contrahecha se trata de una extremidad que empuña un objeto. Un objeto que le resulta extraño e incalificable.

—¿Qué es? —pregunta Tetsuo, que ha ido tras sus pasos.

—Es como una sombra. O una silueta. Parece un chico que corre.

Sakura cree que se trata de un chico. No es mucho más alto que ella, y en el dibujo, o lo que sea, lleva el pelo corto. Tiene que tratarse de la representación de un varón, más o menos de su edad. Lo que no deja de desconcertarla es cómo ha sido realizada esa especie de sombra. No hay en ella trazos gruesos y firmes, como los que suelen caracterizar los trabajos de los grafiteros. Y, al acercarse mucho, no se ven las finas gotas de pintura propias de un spray o de un aerógrafo. Tampoco se aprecian los contornos definidos de una plantilla, ni hay brochazos, ni pinceladas. Nada. Es como si estuviera hecha de humo. Tal vez sea eso. Puede que no sea más que una efímera sombra trazada con polvo de carbón. Sin embargo, cuando pasa la yema del dedo por encima, su piel permanece limpia. Y, cuanto más mira aquella extraña silueta, más le parece una sombra atrapada en aquella pared por algún misterio insondable.

—¿Qué tiene en la mano?

—No lo sé —responde Sakura, recuperando el interés por el desconocido objeto que sostiene la sombra en la mano derecha.

—¿Quién la ha dibujado? ¿Has sido tú?

Sakura mira al niño con sorpresa.

—No. No he sido yo. Ni tampoco sé quién ni cómo la ha hecho.

Tetsuo gira la cabeza, escrutando la sombra con interés.

—¿Podrías dibujar una igual?

—No. No con rotuladores.

Tetsuo sonríe maliciosamente.

—Yo creo que le iría bien un bigote. Y unas gafas. Un bigote grande y gordo —dice, casi entre risas.

Sakura también ríe, imaginando las mismas gafas y el mismo enorme mostacho que Tetsuo imagina. Entonces vuelve sobre sus pasos, junto a la piedra que hay en el sendero que cruza el huerto. Allí está todavía su mochila. Se detiene un segundo ante ella. Sabe que dentro está el arma que ha de utilizar para terminar con todo. Su cortante filo es el remedio que acabará con las burlas y el sufrimiento. Pero ahora no quiere pensar en eso. Así que abre la mochila y, tratando de no fijar la mirada en el cuchillo, saca el rotulador más grueso que tiene. Es un rotulador de color rojo; pero irá bien. Sin dudarlo, se dirige hacia el muro y se detiene frente a la sombra. Esboza en el aire un segundo e, inmediatamente, destapa el rotulador. Con el gesto firme, dibuja unas gafas redondas y un gigantesco y estrafalario bigote sobre el rostro difuso y oscuro de la sombra.

Tetsuo contempla con la sonrisa desbordada la obra de su nueva amiga, de su recién estrenada hermana mayor. A su lado, ella también sonríe, satisfecha. Entonces un ruido inesperado se oye a sus espaldas. Sakura se vuelve bruscamente. Y se encuentra con la mirada furiosa del señor Utada.

El anciano se dirige hacia ellos, con los brazos extendidos como si fueran las garras de un tigre, con los blancos cabellos erizados por el viento, con el rostro desencajado.

Sakura se deja dominar por el pánico y, sin pensar en nada, guiándose únicamente por el instinto de supervivencia, corre hacia el hueco que hay en el muro y huye. Una vez fuera del huerto sigue corriendo. Sus pasos largos y aterrorizados resuenan en el callejón como un martillo sobre un yunque. Por fin logra alcanzar la calle principal. Bruscamente detiene la atropellada carrera y mira hacia atrás. Nadie la sigue. El callejón está completamente vacío. No hay rastro del señor Utada. Pero tampoco lo hay de Tetsuo. Sakura lo ha dejado allí, olvidado a su suerte. En las garras de aquel anciano loco y furioso. Un nudo aprieta sus tripas, y no hay más que un modo de que deje de hacerlo.

Sakura vuelve sobre sus pasos, arrastrando los pies, con los hombros gachos, temblando como una hoja mientras imagina las terribles represalias a las que puede enfrentarse. Cuando se encuentra junto al hueco por el que ha huido, no tiene más remedio que detenerse un segundo. Necesita encontrar en algún recodo de su corazón el valor necesario para volver a encararse al señor Utada. Respira hondo, hincha los pulmones, se agacha, y regresa al pequeño huerto.

Tetsuo sigue en el mismo lugar en el que antes estaba, de pie, junto al muro. Y a su lado, arrodillado, con los brazos extendidos hacia la silueta de sombra que Sakura ha mancillado con su rotulador rojo, está el señor Utada. Llora amargamente, con la boca abierta pero en el más absoluto y desgarrador de los silencios.

Ichiro Hashizume

Sakura se acerca muy despacio. El señor Utada no deja de llorar, de rodillas frente a la inmóvil sombra de la pared. Las incontenibles lágrimas se deslizan por sus arrugadas mejillas, por el ligeramente torcido tabique nasal, inundando los largos bigotes, la larga barba de nieve.

Tetsuo permanece a su lado, con los ojos fijos en su espalda, que se agita al ritmo que marcan los pulmones y el alma rota.

Sakura ya no tiene miedo. No teme represalias, ni gritos, ni castigos. Contemplando el fruto de su obra, las gafas ridículamente redondas y los excesivos y ensortijados bigotes, se siente como si hubiera roto un antiguo jarrón de valor incalculable, o como si hubiera profanado algún lugar sagrado, vedado a los extraños y a los profanos. Contemplando la sombra dibujada en el muro de hormigón, sabe que tiene un significado oculto, que es mucho más que una mancha sobre una pared. Sin embargo, antes no lo sabía. Aunque no por eso se siente menos culpable. Ella, y solo ella, es la causante del desesperado llanto del que el señor Utada parece no ir a desprenderse nunca.

Sus pies aran la tierra mientras se acerca con dificultad al anciano. Sus piernas se han convertido en dos extremidades

de seca y rígida madera, y le resulta casi imposible flexionar-
las, casi imposible dar, simplemente, un paso.

El señor Utada levanta la cabeza de pronto. Las lágrimas se
mezclan con los mocos que su nariz no ha sabido ni querido
retener. Alarga aún más los brazos hacia la sombra y, entonces, un alarido casi animal escapa de su garganta. Aunque ese
alarido esconde un nombre.

—¡¡Masu-chan!!

—¡Masu-chan!

Repite con menor intensidad.

—Masu-chan...

Susurra con la voz agazapada en lo más hondo de una ca-
verna.

Sakura siente que va a romperse por dentro. No puede soportar ver el sufrimiento del anciano. Un sufrimiento del que
es la única responsable.

«Señor Utada», dice, aunque nadie que no habite dentro de
su boca sea capaz de escucharlo.

Pero entonces, con los ojos bañados por unas lágrimas
que se habían secado casi setenta años atrás, el viejo, el
hombre cansado, derrotado y abatido, comienza a sentir
que en su maltrecho corazón, en su alma arrugada y polvorienta, se cuela una brisa fresca, o un pequeño rayo de sol,
cálido y transparente. Y el anciano, cansado ya de soportar
el frío y la tristeza, harto de angustias y de culpa, descorre
las cortinas, abre las desconchadas y chirriantes ventanas a
la vida.

—Masu-chan... Estás ridículo... Con esas gafas y ese bigote... Te pareces al Comandante... —susurra entonces y, sin dejar de sollozar, comienza a reír. Ríe nerviosamente, con el
hálito entrecortado.

—... Si te viera tu abuelo iría corriendo a conseguirte unos pepinos... —dice con dificultad, pues las palabras han de abrirse paso entre las agitadas risas.

Ríe el señor Utada, y sus lágrimas, que no cesan, ya no tienen el sabor acre de la tristeza. Ahora no transportan más que la sal que no ha cabido en el mar.

Tetsuo, contagiado por el anciano, ríe también, con timidez, sin saber cuál es el motivo de aquellas inesperadas risas.

—... Estás ridículo... Ridículo... —continúa el señor Utada.

Sakura está cada vez más tensa. Le parece que la actitud del viejo es un paso más que le acerca hacia el abismo. Un abismo del que desconoce la profundidad.

Sin embargo, poco a poco, el anciano va calmándose. Sus risas cesan, las lágrimas dejan de manar y sus músculos se relajan.

Aunque todavía ríe cuando comienza a incorporarse. Luego, con ternura, apoya la frente sobre la sombra de la pared.

—Masu-chan... Mi Masu-chan...

Su voz suena ahora lejana, amortiguada por gruesas capas de melancolía.

—Cuánto te he echado de menos...

Permanece con la cabeza contra el muro durante unos segundos tan largos, pausados como un amanecer. Y Tetsuo y Sakura, uno a cada lado, lo contemplan en un silencio reverencial y asombrado.

El señor Utada acaricia la lisa superficie de hormigón, separa la cabeza y mira la pared con detenimiento. Una sonrisa, que en principio es una mueca amarga, pero que no tarda en volverse plácida y serena, se dibuja en sus labios arrugados cuando sus ojos enfocan las redondas gafas y los ensortijados bigotes nacidos del rotulador rojo de Sakura. Inmediatamente, esos ojos viajan hasta encontrar los de la chica. Ella retrocede ante la mirada del anciano. Sin embargo las pupilas de este no muestran más que calidez.

El señor Utada sonríe tímidamente. Enseguida se gira hacia el niño. Le acaricia la cabeza con ternura, revolviéndole el pelo. Sin borrar la sonrisa de sus labios. Entonces inspira hondamente, ensancha los pulmones y, durante unos instantes, eleva la vista hacia el cielo. Imitándolo, Sakura y Tetsuo alzan la cabeza. El vuelo de las gaviotas, aventureras del mar, se cruza con el de las pequeñas golondrinas, que surcan el aire con sus alas apuntadas y curvas. El azul, velado de sol y de viento, permanece impasible en las alturas.

—Creo que os debo una explicación —dice de pronto el señor Utada con una voz tranquila y suave.

Tetsuo y Sakura, que siguen con los ojos y los sueños más allá de las nubes, miran y escuchan sorprendidos.

—Venid conmigo. Estaremos mejor en mi casa. Prepararé el té.

Sin esperar respuesta o asentimiento, el anciano se encamina hacia la miserable casucha de madera que le sirve de cobijo.

Sakura busca en los ojos de Tetsuo. Pero Tetsuo marcha ya tras las huellas que las sandalias del señor Utada dibujan sobre la tierra húmeda. Así que, se encoge de hombros y los sigue.

El señor Utada pasa junto a la mochila de Sakura. Entonces, sin girar la cabeza, pero dirigiéndole a ella las palabras, dice:

—No olvides la mochila. No deberías dejarla ahí tirada. Alguien podría abrirla y encontrar dentro algún objeto afilado y peligroso.

Pero ¿cómo puede saber lo del cuchillo? ¿será adivino? No. La explicación más sencilla y también la más lógica es que el señor Utada ha estado ahí todo el tiempo. Siendo testigo mudo de los pasos y las intenciones de Sakura.

Ella siente como la vergüenza colorea sus mejillas y encoge su cuerpo. Le resulta insoportable la imagen de los pequeños ojos del anciano, enmarcados de arrugas, observando sus movimientos, su sufrimiento descarnado y desnudo. Pero, cuando pasa junto a la mochila, la recoge rápidamente y, con la mirada en la punta de sus zapatos, sigue los pasos del anciano.

Ya frente a la puerta desvencijada, Sakura se detiene. Está cerrada, y allí continúan la cadena y el candado, bien cerrados y sujetos. Entonces, en uno de los laterales de la casucha, se abre una portezuela que antes no había visto. Por ella asoma la cabeza el anciano que, sin dejar de sonreír, la invita a pasar, con un escueto «Entra».

Tarda unos segundos en acostumbrarse a la penumbra que envuelve el interior de la mísera vivienda del señor Utada, pero, cuando lo hace, la sorpresa va inundando sus ojos. En primer lugar, la casucha es bastante más grande por dentro de lo que podía imaginarse desde fuera. Además, aunque en ella no hay más que un pequeño armario, una mesita baja, un futón enrollado en una esquina y, tras un destartalado y viejo biombo, una sencilla cocina de gas de un solo fuego, y algunas estanterías cargadas de víveres, allí reina el orden y la pulcritud.

Allí dentro, en aquel lugar sin adornos, sin el más mínimo de los lujos, Sakura se deja vencer por la vergüenza y el arrepentimiento. Pensando solo en su propia desesperación, se ha colado en la propiedad de aquel hombre, a cometer un acto brutal y sangriento, sin importarle las consecuencias, sin importarle quién podía salir perjudicado. Y después ha mancillado el muro, pintando en él con su torpe y burdo rotulador rojo, mofándose de algo que se escapa a su entendimiento.

Burlándose, hiriendo los sentimientos de un hombre viejo y solitario. *Se ha comportado de forma irrespetuosa, como una niña malcriada, cruel y egoísta.* Entonces rompe a llorar y, bruscamente, se deja caer de rodillas, a los pies del anciano.

—¡Perdóneme, señor Utada! —exclama entre sollozos—. ¡Perdóneme!

El viejo la mira con tristeza. Tetsuo también está mirándola, sentado sobre sus talones junto a la mesa baja.

El señor Utada se arrodilla junto a ella y, tomándola de las manos, la levanta con delicadeza. Ella se deja hacer, con la cabeza gacha, los ojos cerrados, bañados de lágrimas. Sus piernas apenas son capaces de sostenerla, sus brazos tiemblan sin control. Pero el señor Utada no suelta sus manos. Ninguna de las dos. Y las sujeta con firmeza, pero también con ternura. Sus ásperos y callosos pulgares acarician el dorso de sus manos. Sakura no puede sentir el roce de la árida piel del hombre sobre su mano derecha, sobre su propia piel. Pero sabe que ese roce, ese cálido contacto, se está produciendo. Y el frío que se propaga desde su corazón hasta sus miembros se deja vencer, sin oponer apenas resistencia.

Entonces ella, por fin, se relaja, y se permite el poder sentirse cómoda, vulnerable, débil e indefensa, protegida por el contacto de las manos del anciano sobre las suyas. Y puede sentirse cómoda, vulnerable, débil e indefensa, entregada al abrazo protector, a la seguridad que la envuelve sin que ella tenga más que aceptarla.

—Perdóneme, señor Utada —dice una vez más, ahora con la voz fina y quebradiza de un pajarillo.

—No me llames así. Ese no es mi nombre.

Sakura alza los ojos, sorprendida por las palabras del señor Utada. Porque es el señor Utada. No tiene la menor duda. El mismo señor Utada que lleva años negándose a vender el huerto a las empresas constructoras de la ciudad. El mismo terco e intransigente señor Utada que provoca los más repetidos y frustrantes quebraderos de cabeza de su padre.

El anciano le devuelve la mirada. Una mirada nueva. Y en esa mirada nueva no hay sombras, ni engaños. Es una mirada franca y limpia. La mirada más pura y sincera que Sakura ha visto jamás.

—Mi nombre no es Masuji Utada. Yo me llamo Ichiro. Ichiro Hashizume.

Tomando el té

El señor Utada... No... El señor Hashizume calienta el agua de la tetera en la pequeña cocina de gas. Algunos rayos del orgulloso sol del mediodía se reflejan en el cristal de la ventana y dibujan el perfil de su rostro. La delgada línea, que ahora es blanca, ahora de un dorado brillante, le confiere un aire casi espectral. A los ojos de cualquiera, la suya es la imagen de un fantasma que no ha querido dejar este mundo por inercia, atado fuertemente por el irrompible hilo de la costumbre.

Contemplando sus rasgos serenos, sus gestos pausados, Sakura y Tetsuo esperan. Esperan sentados junto al ajado *kotatsu*, con las manos descansando en el regazo. Frente a cada uno de ellos, sobre la mesita, hay una vieja taza. La de Sakura es una taza de estilo americano, grande y vulgar, en otro tiempo adornada con la representación de un colorido personaje de dibujos animados. La que hay frente a Tetsuo es más pequeña. Es de cristal marrón oscuro, como el de las botellas de sake. En el interior de ambas tazas esperan, igual que ellos, dos bolsitas de té. Un té barato de supermercado.

El agua hierve, y la tetera lo comunica a los cuatro vientos con un silbido largo y agudo. El señor Utada... Otra vez, no... El señor Hashizume se acerca a la mesa con la tetera en las manos. Es una tetera vieja. No antigua, como lo es una estatua de Buda a la puerta de un templo o una caligrafía de la era Edo. Es vieja como un coche destartalado en el que las piezas ya no encajan, o como una revista de hace meses en la sala de espera de un dentista.

La tetera está abollada, y el metal no recuerda ya cuándo destelló el último de sus brillos.

Con los pasos lentos, el señor Hashizume, ahora sí, se acerca a sus dos jóvenes invitados. Se arrodilla junto al *kotatsu* y vierte el agua caliente en las dos tazas. Va a servir una tercera cuando recuerda que no ha llevado a la mesa más que dos, así que regresa a la cocina a por otra. Además, ha olvidado las cucharillas.

Tetsuo sostiene su taza entre las manos y sopla el té ardiente. Sakura recibe con agradecimiento la cucharilla que el señor Hashizume le ofrece.

—Siento no tener nada más que ofreceros. No tengo galletas, ni panecillos. Disculpadme, pero no sabía que hoy iba a recibir visita —dice sin cargar sus palabras con la menor sombra de sarcasmo o de reproche.

Sakura contempla su rostro sereno y amable. En otro tiempo, un tiempo olvidado en un pasado polvoriento, debió de ser un hombre atractivo. Sakura lo imagina con sus mismos diecisiete años. Casi puede ver su cabello oscuro, muy corto, y sus ojos, mucho más grandes que ahora, llenos de vida y de ilusiones. Imagina también sus labios, finos y suaves. Y su piel, y sus manos.

Sakura se ruboriza y baja la cabeza. Y el anciano sonríe, con una indulgencia sincera y cálida.

Tetsuo toma el té a sorbitos.

—Si no os parece mal, me gustaría contaros una historia.

Sakura sujeta la taza con la mano izquierda y acerca los labios a la bebida caliente y amarga. Y escucha con atención las palabras que brotan de la boca del señor Hashizume.

El señor Hashizume les habla de sus tiempos de escuela, de su querido amigo, su hermano, Masuji. Su Masu-chan. Les habla también de la guerra. Les habla del señor Comandante del Segundo Ejército Imperial, y de su cosecha de pepinos, que cuidaba diligentemente en su pequeño huerto el señor Utada, el abuelo de Masuji. Y les habla de aquella mañana del seis de agosto de 1945. Les habla de las lanzas de bambú, y de sus sueños de honor y de gloria. Y, como no puede ser de otro modo, les habla de la vieja pistola con el cañón doblado hacia dentro. Y de la pelea con Masuji. Y de la bomba.

Tetsuo y Sakura escuchan al anciano en un silencio profundo, litúrgico. Las palabras, pronunciadas en voz baja, llegan a sus oídos mecidas por el tiempo, que pasa discretamente, mostrando el debido respeto.

El señor Hashizume les habla de desolación y de muerte. Pero lo hace sin lágrimas, sin artificios, con pulcritud. Y les conduce tras sus pasos de entonces, hasta el huerto del abuelo Utada, hasta la sombra. La última morada de su amigo. Su último aliento convertido en polvo y en humo.

—Cuando ese hombre me preguntó mi nombre, le dije el de Masuji. No sé por qué lo hice. En ese momento no pensé en nada. Simplemente lo hice. Y ya no hubo vuelta atrás. Mis padres estaban muertos. Mi hermana estaba muerta. Mi amigo estaba muerto... Yo estaba muerto.

El señor Hashizume baja la mirada unos segundos. Las minúsculas partículas de polvo, suspendidas en el aire de la casucha de madera, se bañan en la tenue luz que se filtra entre los tablones de la pared.

—No quería irme de allí. Quería quedarme junto a la sombra de Masuji. No podía alejarme y continuar con mi vida. Una vida que no merecía. Porque todos estaban muertos. Y yo no. Si al menos estuviera herido, mutilado, marcado para siempre por el abrasante horror radiactivo, quizá hubiera sido posible. Pero, excepto por la sequedad de mis ojos, era como si la bomba hubiera explotado a millones de kilómetros de mí. No me sentía con fuerzas para caminar entre la gente, mostrándoles mi absoluta impunidad. Así que me quedé en el huerto del señor Utada. Cuidando de la sombra de mi amigo. Cuidando de su nombre. Compartiendo con él su suerte. Compartiendo con él su muerte.

Sakura sostiene la taza de té en su mano izquierda. El té ya se ha enfriado.

El anciano sonríe mirando a Tetsuo, que le devuelve una mirada de consuelo. Aunque no ha sido capaz de comprender del todo las palabras del señor Hashizume, sabe que son palabras de dolor y de pena. Y también sabe que, tras sus viejos ojos vidriosos, se agazapan miles de lágrimas. Unas lágrimas que se convirtieron en cristal hace ya tanto tiempo.

El anciano mira después a Sakura. Ella sí que ha comprendido. Las palabras del señor Hashizume han penetrado en su alma como un puñal. O como la raíz de un árbol. Aún no lo sabe.

—Tengo que darte las gracias —dice el viejo con la sonrisa liberada de toda carga.

Sakura lo mira con infinita sorpresa.

—Gracias a ti he podido enterrar a mi amigo. Después de casi setenta años, he sido capaz de honrar su memoria... Porque por fin he sido capaz de perdonarme... Por fin he sido capaz de perdonarlo... Se fue sin despedirse, con un infinito abismo de rencor separando nuestros corazones. No me dio la oportunidad de disculparme, de llorar sobre su hombro y de olvidar esa estúpida pelea. Me dejó para siempre su sangre en mi puño, su dolor en mi piel. Me dejó su odio y sus insultos; y mi odio y mis insultos se quedaron también conmigo para siempre. Pero ese para siempre ha terminado. Gracias a unas ridículas gafas y a un ridículo bigote pintados con rotulador rojo. Gracias a ti.

La figura del señor Hashizume es otra vez como un espectro. Porque en verdad en él vive un espectro, que, poco a poco y sin sobresaltos, va abandonado su cuerpo, alejándose, sumergiéndose en la inmensidad del tiempo, regresando al pasado y a las sombras, dejando al señor Hashizume solo con su carne y con sus huesos, con las horas que le quedan a su vieja vida.

—Ya no he de vivir en la oscuridad, apartado del mundo, cubriéndome con el manto de la muerte. Una muerte que se lo llevó. A él. No a mí. Y no fue culpa mía, ni tampoco suya.

Entonces, elevando la vista hacia el techo, casi grita:

—¡Masuji! ¡Masu-chan! ¡Puedes irte ya! Ahora tengo cosas que hacer.

Y, dicho esto, Masuji Utada no existe ya más que en el recuerdo. Y el señor Hashizume, Ichiro Hashizume, se queda solo en su corazón y en su casa, atendiendo a las visitas. Tomando el té barato en bolsitas del supermercado.

Un auténtico okonomiyaki al estilo de Hiroshima

—¡Este té está malísimo! —exclama el señor Hashizume sorprendido, pero con una voz alta y alegre.

El anciano recorre la estancia con la mirada, y no encuentra más que escasez y miseria. Durante casi setenta años, se ha vestido con ellas, ha comido de ellas, ha dormido en ellas. Estaba convencido de que no merecía otra cosa. Hubiera querido ser como un perro vagabundo, ovillado a los pies de la sombra de Masuji, abrigado no más que por su propia piel, alimentado de despojos, de insectos, de cucarachas. Pensaba que esa vida era la única manera de expiar sus culpas. Unas culpas sin forma ni nombre, difusas, etéreas. Sin embargo tenía que mantener el huerto y el muro intactos. Y para ello había de pagar puntualmente las contribuciones municipales. Así que buscó un trabajo. Mil trabajos. Mal pagados, duros, desagradables. Incluso despreciables. Sin embargo eso no solo no le importaba, sino que le parecía lo más adecuado. No encontraba mejor cilicio que esa vida miserable, solitaria y gris. Y en ese malvivir no podía permitirse el más nimio de los lujos, le estaba vedada cualquier clase de satisfacción. Incluso le resultaba difícil comerse las frescas y deliciosas verduras que él mismo, guardián y protector del huerto de los Utada, se veía en la obligación de cultivar. Así que, después de decidir que no debía deshacerse de los frutos que regalaba la tierra, no encontró más opción que la de esperar a que pimientos, pepinos y tomates comenzaran a echarse a perder para, entonces, sentirse digno de poder llevárselos a la boca. Pero todo eso ya es el pasado. Y el té barato, oferta entre las ofertas del supermercado, le resulta repugnante.

—¡Vayamos a un restaurante! A tomar un té decente y a comer algo. Ya es casi mediodía. Y... me muero por un buen plato de *okonomiyaki*.

El señor Hashizume es la viva imagen del entusiasmo. Su manera de pronunciar *okonomiyaki* resulta casi masticable. De entre sus sílabas emana el delicioso aroma de la masa sobre la plancha caliente, del beicon que se dora y se vuelve crujiente, de los fideos recién cocidos, de los huevos frescos y de la untuosa salsa de ciruelas.

El señor Hashizume se incorpora y se acerca a una sencilla estantería que hay clavada a la pared. Sobre ella hay una vieja caja de latón, parece de galletas. Al abrirla, los billetes arrugados se abren en busca de espacio y de aire, como si fueran las plumas de un pavo real que desempolva la cola, cerrada y oculta demasiado tiempo. Algunos de ellos caen al suelo.

—No he gastado mucho —dice el anciano, mientras recoge el dinero, dirigiendo, a modo de disculpa, una mirada pudorosa a sus invitados. Después, se llena los bolsillos de la chaqueta con un puñado informe de billetes, a los que no muestra la más mínima reverencia.

—¿Os apetece acompañarme? —pregunta, cayendo en la cuenta de que ha dado por hecho que sus inesperados invitados irían con él. Entonces se percata de algo más—. Perdonadme por no habéroslo preguntado antes; pero creo que sería lo correcto conocer vuestros nombres. Sería lo adecuado.

Sakura mueve la cabeza afirmativamente.

—Yo soy Tetsuo Watanabe. Vivo en Fukushima, en la calle Kokubo número 28; pero ahora estoy en casa de mis abuelos. —dice el niño, con la musicalidad del estribillo bien aprendido.

—Yo me llamo Sakura Ochida.

Los ojos del viejo se abren de par en par e, inmediatamente, una sonrisa salpimentada se dibuja en sus labios.

—La hija de Ochida-san. Vaya, vaya... Creo que le he causado algunos quebraderos de cabeza a tu padre.

Sakura se ruboriza.

—No te preocupes. Hace lo que debe hacer.

Ahora Sakura se sorprende. Casi se sobresalta. Ese hombre, al que su padre no ha dejado de atosigar, de presionar, no parece guardarle ningún rencor. Y, en sus ojos francos, en sus palabras, no hay sombras. A pesar de que ha intentado por todos los medios derribar el muro, y con él el recuerdo de su amigo muerto. A pesar de que ha querido hacer desaparecer el huerto al que ha dedicado toda su vida, el señor Hashizume habla de Kotaro Ochida con respeto.

—¿Vamos? —dice el viejo, acariciando la cabeza de Tetsuo.

El niño y el anciano marchan delante. La mano callosa y huesuda sobre los cabellos negros, caminando con los pasos calzados de sosiego.

—¿Te gusta el *okonomiyaki?*

—No lo sé —responde Tetsuo.

—¿Nunca lo has probado? —se sorprende él. Porque todo el mundo ha probado el *okonomiyaki.* O, al menos, así era en sus tiempos.

El niño niega con la cabeza.

—Pues a eso hay que ponerle remedio. Tienes que probar el auténtico *okonomiyaki* al estilo de Hiroshima. Una delicia como no encontrarás otra igual en toda la región de Chugoku.

El señor Hashizume espera que al niño le guste. Intenta recordar los sabores, pues querría poder describírselos, pero hace tanto tiempo ya desde la última vez... Aunque hay algo que le intranquiliza. Porque, en lo más profundo de su corazón, teme que esos sabores hayan cambiado, y que no sean más que un recuerdo de algo que nunca fue. Necesita que el *okonomiyaki* sea tan delicioso y suculento como lo ha sido en sus sueños durante casi setenta años.

Ya en la calle, a la que, en esta ocasión, han accedido por la puerta Sakura no puede dejar de contemplar la curiosa pareja que hacen el niño y el viejo. Una pareja que resulta extrañamente armoniosa.

El señor Hashizume detiene la marcha y se vuelve hacia ella.

—¿Conoces algún sitio donde comer *okonomiyaki* por aquí cerca? Yo no salgo mucho...

El anciano se muestra otra vez turbado. Porque piensa que no solo no conoce ningún restaurante, sino que es incluso posible que, con el paso de los años, la gente haya dejado de comer el deseado manjar. Sin embargo Sakura lo tranquiliza enseguida.

—Okonomi-mura está justo aquí al lado. En Nakamachi. Junto al PARCO —dice ella, aunque inmediatamente se da cuenta de que las posibilidades de que el señor Hashizume conozca los grandes almacenes PARCO son tan pequeñas como las de que tenga la discografía completa de Kumi Koda—. Está muy cerca. Cinco minutos andando —añade, a modo de aclaración.

El anciano asiente satisfecho. La gente sigue tomando *okonomiyaki*.

Se encaminan hacia la calle Hondori.

Sakura imagina qué deben pensar aquellos que los ven pasar: un viejo vestido como un mendigo, un niño pequeño y una estudiante de instituto con una mano deforme. Es entonces cuando se percata de que, desde la sorpresiva e inesperada irrupción del señor Hashizume, no ha pensado en su mano. Durante ese tiempo ha dejado de estar allí. No ha sido una obsesión omnipresente. Y eso es la primera vez que le sucede desde hace ya demasiado tiempo, desde que fue consciente de su diferencia y del efecto que provocaba en los demás. Contempla su mano de nuevo. Y su mirada recorre el brazo. Y ese brazo se une a su cuerpo. Forma parte de él.

Unos gritos asustados se van acercando. Al principio no son más que sonidos apagados, amortiguados por los cuerpos de hormigón, de cristal y de carne del barrio de Naka-ku. Pero, enseguida, las palabras toman forma y esa forma, un significado.

—¡Tetsuo! —grita el señor Yamagata.

—¡Tetsuo! —llama con desesperación el abuelo del niño.

Sus rostros desencajados, sus pasos de viejo inseguros, titubeantes por las aceras, entre el tráfico de los coches.

—¡Tetsuo!

Sakura se sobresalta. El señor Hashizume se sobresalta y se preocupa. El niño se queda paralizado. Se había ido sin avisar. Se había alejado del abuelo sin mirar atrás, y de eso ya hace mucho tiempo. Tiene que estar muy enfadado con él.

—¡Disculpe! —grita el viejo Hashizume, alzando una de sus manos en las que no hay más que piel y huesos.

El abuelo de Tetsuo se detiene. Mira hacia el hombre que lo llama y, entonces, sus ojos se encuentran con la mirada gacha y huidiza de su nieto.

—¡Tetsuo! —chilla, mientras corre hacia él con los brazos extendidos.

Lo agarra por los hombros, lo zarandea, lo agarra de los hombros, lo vuelve a zarandear. No sabe si besarlo o golpearlo, si llorar sobre su hombro o descargar todos sus miedos sobre su lomo.

—¡Tetsuo! ¿Dónde te habías metido?

El señor Hashizume contempla en silencio al abuelo y al nieto. Y comprende que necesitan su ayuda.

—Estaba perdido. Es pequeño y, entre tanta gente, se había desorientado. El abuelo, al oír la voz del hombre, recupera la compostura.

—No es de aquí. Sus padres le han dejado a nuestro cargo. Estábamos de compras y, de pronto, lo he perdido de vista —responde mientras va calmándose poco a poco. Por supuesto, olvida mencionar el escaparate de la tienda de artículos de pesca. El niño ha aparecido y no hay por qué buscar culpables.

—Tienes que tener cuidado —regaña el abuelo al nieto sin demasiada convicción—. Me has dado un susto de muerte. No sé qué hubiera podido decirle a tu madre si te hubiese ocurrido algo. No quiero ni pensarlo.

Entonces llega el momento de los agradecimientos. El abuelo de Tetsuo hace mil reverencias al hombre que ha encontrado a su nieto.

—No sé cómo agradecérselo —dice mientras se inclina repetidamente—. No sé cómo agradecérselo —repite a la vez que saca la cartera del bolsillo y extrae de ella varios billetes que, inmediatamente, extiende hacia el hombre que ha encontrado a su nieto.

El señor Hashizume rechaza cortésmente el dinero. El abuelo insiste, y el señor Hashizume vuelve a rechazarlo. Dos veces, tres veces más. Finalmente, el abuelo de Tetsuo desiste, devuelve los billetes a su cartera y esta al bolsillo y retoma el aluvión de reverencias.

—Mil gracias, Utada-san. Mil gracias.

El niño, que parece haber recuperado la compostura, se comporta como el niño que es y replica las palabras de su abuelo.

—No se llama Utada. Se llama Hashizume.

El abuelo mira a su nieto con extrañeza. Después mira al viejo buscando su indulgencia. Pues no son más que cosas de niños. Todo el mundo sabe que se trata del señor Utada. Cómo no saberlo.

Mil reverencias después, el abuelo coge al niño de la mano y, tras despedirse con mil nuevas reverencias, se lo lleva de regreso a casa. Eso sí, antes de llegar, ha de hablar con él. Porque, de esto, ni una palabra a la abuela. Y mucho menos a su madre. Bastantes preocupaciones tienen ya.

—Parece que solo seremos dos —dice el señor Hashizume, mientras el niño y su abuelo, acompañados del señor Yamagata, se alejan.

—¿O a ti también te estarán echando de menos?

Sakura menea la cabeza. A ella nadie la echa de menos.

—Pues vamos a comer *okonomiyaki*. ¿Te gustan, verdad? —pregunta, con una extraña expresión en el rostro. Como si la sola posibilidad de que a alguien no le guste el *okonomiyaki* fuese un concepto difícil de aceptar.

Ella asiente pero no es sincera. El *okonomiyaki* le parece pesado. Cree que es comida de viejos, de pueblerinos y de turistas. Aunque no piensa decir nada. Él está tan contento e ilusionado...

Caminan ya por la atestada calle Hondori, y pasan junto a los almacenes PARCO. Decenas de jóvenes entran y salen por sus puertas automáticas, en busca de esa prenda que les haga iguales a los demás, aunque sutilmente diferentes, originales. Sakura los mira de reojo. Sus peinados, sus maneras, denotan una seguridad que no es más que un salvavidas. Uno extremadamente delicado, frágil como la cáscara de un huevo de codorniz.

Allí está el restaurante Okonomi-mura, el paraíso de tres plantas dedicado al *okonomiyaki*. Al estilo de Hiroshima, por supuesto. El mejor de toda la región de Chugoku. Y allí es donde entra Sakura, acompañando al señor Hashizume, vestido casi con harapos, vestido con la ilusión propia de un niño en el día de su cumpleaños, a saborear el delicioso manjar soñado, prohibido durante casi setenta años.

Salsa de ciruelas

El señor Hashizume, sentado en el taburete, contempla extasiado como el cocinero prepara, con suma habilidad, con la seguridad que da la rutina, el suculento plato. Mueve las espátulas con la agilidad de un samurai, también con su firmeza. Primero extiende la masa sobre la plancha, después la col, los brotes de soja, los copos de atún seco. Ahora el beicon, con su carne veteada de anchas líneas de grasa blanca y brillante. Más tarde los fideos, y la tortilla. Hay que trabajar rápido. Sin embargo, a ratos toca esperar sin hacer nada. Es el momento de dejar hacer al tiempo y al calor de la plancha. Después toca juntar los ingredientes, colocar bien las capas, darle la vuelta y, por fin, cubrirlo con la untuosa salsa de ciruelas. Hay otras salsas, pero, sin la menor duda, él elige la de ciruelas. A la vez dulce y ligeramente amarga, densa y suave.

El cocinero remata el plato con un poco de mayonesa, semillas de sésamo blanco, otra vez copos de atún seco y unas rodajitas de cebolleta fresca. Y ya está terminado. Listo para ser devorado por el cliente. Por el señor Hashizume.

Tras el primer bocado, un poco de salsa de ciruelas le ha quedado en los labios. Con los ojos cerrados se relame, y una lágrima salada pero dulce recorre sus mejillas.

La salsa de ciruelas sigue siendo la salsa de ciruelas.

Los sabores del *okonomiyaki* siguen siendo los mismos. Han permanecido en los cajones de su recuerdo, polvorientos, apartados de la luz, pero siguen ahí. Como la vida, que no se ha detenido, que no le ha esperado, pero que le permite subirse a ella, en marcha, sin pedirle el billete, sin cobrarle ningún tipo de peaje. Él ya ha pagado bastante.

Sakura contempla al anciano mientras come. Ella espera su plato sin prisas. No es que le apetezca demasiado, pero está decidida a terminárselo. Sin embargo, eso no va a ser necesario. Porque, aunque todavía no lo sabe, cuando se haya comido apenas la mitad del *okonomiyaki*, va a descubrir los ojos de niño hambriento y ansioso del señor Hashizume y, sin palabras, pondrá el plato inacabado frente a él. Y él, también sin palabras, con la mirada luminosa, el corazón chapoteando en un enorme charco de alegría y agradecimiento, aceptará el regalo y comerá, deleitándose, disfrutando de cada bocado, saboreándolo con la mayor de las dichas, relamiendo la oscura y deliciosa salsa de ciruelas.

Una florecilla brota en la rama seca del cerezo

Mientras el señor Hashizume termina su segundo plato de *okonomiyaki*, Sakura sonríe. Lo contempla en silencio. Sorprendida.

Sorprendida de que mirar a un viejo harapiento devorando un chorreante *okonomiyaki* pueda producirle ese estado de paz y de calma. Una desconocida y extraña satisfacción. Es como sentarse en un banco del parque, con la mirada perdida en los despreocupados juegos de los niños.

Entonces, con la mente casi en blanco, limpia y abierta como una playa al océano infinito, los viejos recuerdos, esos que cree olvidados, incluso aquellos que no reconoce como propios, se van acercando por la línea del horizonte. Haciéndose, poco a poco, más claros, cada vez más nítidos.

O quizá podría decirse que en el corazón de Sakura se abren paso algunos recuerdos, pétalos caídos, olvidados, escondidos bajo gruesas capas de soledad y reproche. Y en esos pétalos, secos como la paja, se dibujan, tímidamente, algunas imágenes desvaídas. Su padre, con los ojos llenos de lágrimas, delante del inaccesible y exclusivo y carísimo cirujano tokiota, de rodillas, ofreciéndole hasta la última de sus posesiones si era capaz de curar la mano de su hija. O su madre, enseñándole a su pequeña con infinita paciencia cómo manejar los palillos con la mano izquierda. O sus padres, los dos, abrazados en medio del salón, llorando en silencio la rabia y la impotencia de saber que su hija, su pequeña flor de cerezo, era objeto de las burlas de sus compañeros de colegio. Esos recuerdos perdidos, esas imágenes que se habían borrado, regresan entonces en tromba. Y el corazón de Sakura se encoge y se aprieta, y se arruga como una ciruela secada al sol. Y de pronto presiente que, aunque sus padres no son ningunos héroes, quizá tampoco sean esas criaturas desalmadas, tan frías y distantes como las estatuas de un templo, que, a veces, ha creído que eran. Después de todo, sus padres no son más que un hombre y una mujer. Dos seres asustados, sorprendidos por los giros del destino, perdidos en un laberinto de miedos, de vergüenzas, de culpas que no saben cómo purgar.

Tal vez, piensa, las cosas no sean como ella creía. Mirando a ese anciano comer con deleite, con ansia, de un modo casi vulgar (pero tan vital, tan rebosante de pasión, de desesperación por saborear la vida en la oscura salsa de ciruelas), le parece que puede estar equivocada. Ese anciano ha visto lo que ha visto, ha convivido con las sombras, compartiendo su muerte, en un largo paréntesis de soledad, silencio y amargura. Y ahora... Ahora ha dejado atrás esa muerte. Ha borrado las sombras de su alma y come, se relame, engulle. Y es feliz. Tan solo con eso. Porque ha sido capaz de reparar su maltrecho corazón con el cálido bálsamo del perdón.

Con precaución, no sabe si con miedo o con mimo, Sakura coloca su mano deforme sobre la mesa. Lo hace venciendo al pudor y a la vergüenza. La explora, primero con los ojos, después con las yemas de los dedos de su mano izquierda. Prueba a familiarizarse con su tacto frío, con su fealdad, con todo lo que en ella le es ajeno. Lleva diecisiete años ocultándola, escondiéndosela, intentando sin éxito que desaparezca, que al posar la vista sobre ella ya no estuviera allí, que no fuera más que el vívido recuerdo de una larga y angustiosa pesadilla. Y ahora, después de diecisiete años de dolorosa negación, de pronto, se siente capaz de mirarla. Se siente capaz de aceptar su desagradable presencia.

Sakura mira de nuevo al anciano. El señor Hashizume ya ha terminado el *okonomiyaki*. Tiene los ojos y la sonrisa de un gato gordo y satisfecho. Y son esos ojos y esa sonrisa lo que el anciano le regala.

Ella acepta el regalo. Y entonces una idea, ya no un puñal, sino la raíz de un árbol, se abre paso en el alma de Sakura.

Y, por fin, también ella se ve capaz de perdonar. Se ve capaz también de perdonarse.

Todavía tiene que acostumbrarse; sin embargo, cada vez está más cómoda con la idea: vivir. Tal vez no resulte tan difícil. Tal vez solo haya que mirar hacia adelante. Quizá se trate de ir llenando poco a poco los segundos, cargándolos de pequeños actos. Respirar, caminar, leer, comer, contemplar el cielo plano del invierno. ¡Y dibujar! Esperar en calma a que todo vaya transcurriendo, sin cargarse las espaldas con demasiado peso. Comerse el cuenco de arroz grano a grano.

Una florecilla brota en la rama seca del cerezo.

El señor Hashizume se pierde en el caótico bosque, a contracorriente

—Tengo que volver a casa —dice Sakura, a la puerta del restaurante.

—Eso está bien.

Sakura lo mira a los ojos unos segundos infinitamente largos.

En las pupilas del hombre ve un cielo raso y amable, o un manso río, cansado de cascadas y remolinos, feliz en su quietud en pos del mar.

—Hasta luego —dice el señor Hashizume. Y se marcha.

No hay palabras grandes, ni emotivas despedidas. Simplemente se marcha. Eso sí, cuando no ha dado más que un par de pasos, se vuelve hacia Sakura y, con una sonrisa en los labios, dice:

—Espero que, en el futuro, en tu mochila no haya otra cosa que rotuladores.

Se gira de nuevo y, mostrando la vieja espalda, la vieja chaqueta militar raída, los costrosos vaqueros remendados y vueltos a remendar, los talones oscuros, ya casi de madera, se marcha. Se aleja.

El señor Hashizume se sumerge, se pierde en el caótico bosque de personas sin rostro. A contracorriente. Sonriendo. Aunque Sakura no pueda ver su sonrisa.

Ella permanece todavía junto a la puerta del restaurante. La ciudad fluye a su alrededor. Y, por fin, decide regresar a casa. Camina sin ocultar las manos. Sin agachar la cabeza. Sin bajar los ojos al suelo. También a contracorriente. Dispuesta a mirar de frente la vida. A ir de la mano de lo que sea que le depare el futuro.

En cuanto llega a casa, se dirige a la cocina. Su madre aún no ha regresado, así que no ha de sentirse furtiva. Abre el cajón y guarda en él el enorme cuchillo. Y ya ha decidido no volver a cogerlo. Después, va hacia su cuarto. Enciende el ordenador.

> Lobo solitario: ¿Estás ahí?
>
> Cachorro: ¿Dónde si no?
>
> Lobo solitario: Ve quitándote el pijama y las zapatillas de estar por casa.
>
> Cachorro: ¿¿??
>
> Lobo solitario: Voy a verte.
>
> Cachorro: ¿Lo dices en serio?
>
> Lobo solitario: Completamente.
>
> Cachorro: ¡No me lo puedo creer! ¡Qué pasada, tía! Eso sí que va a hacerme sacar mi gordo culo de casa.
>
> Lobo solitario: Pues no sabes las ganas que tengo de ir.
>
> Cachorro: Seguro que ni la mitad de las que tengo yo de que vengas. Pero ¿cómo es que te ha dado por ahí?
>
> Lobo solitario: Tengo que ir a la ciudad.
>
> Cachorro: ¡No fastidies! ¿Por fin te has decidido? ¿Vas a enseñar tus historias?
>
> Lobo solitario: Sí.
>
> Cachorro: ¡No me lo puedo creer! Pero si estabas fatal. Te veía hundida en la miseria. Incluso he llegado a pensar que podrías hacer una tontería.

Lobo solitario: … Ya ves…

Cachorro: Y ¿cómo te ha dado por ahí? ¿Te ha picado una araña mutante o algo así?

Lobo solitario: Algo así.

Cachorro: Venga tía, cuenta.

Lobo solitario: Cuando te tenga delante.

Cachorro: ¡Ahora me tienes delante!

Lobo solitario: No. Cuando tenga tu gordo culo delante.

Cachorro: ¡Serás zorra!

Lobo solitario: Ja, ja, ja… Ahora tengo que dejarte. Mi madre acaba de llegar y tengo que hablar con ella. Hasta muy prontito. Besos.

Cachorro: Besos también a ti. Te espero (y mi gordo culo también).

新しい人生

Atarashii jinsei
(Una nueva vida)

Bajo la misma lluvia

Con la frente apoyada en la ventanilla, Sakura contempla los edificios pasar como un parpadeo. El Shinkansen, el tren bala que llega desde Tokio, se aproxima a la estación central de Hiroshima. Algunas gotas de lluvia resbalan por el cristal, dibujando diagonales de lágrimas sin dueño, huérfanas, a disposición de todo aquel que quiera sentirlas como suyas.

El tren se detiene en el andén, las puertas se abren y los viajeros se apean con diligencia. Unos tienen trabajo que hacer, otros van en pos de un reencuentro. Los hay que llevan pesados equipajes, cargados de recuerdos, de vivencias, de buenas o malas noticias. Los hay que llegan con las manos vacías, sin nada que dar, tal vez con las palmas extendidas, como mendigos que suplican las migajas de la vida, de cualquier vida.

Sakura sale del tren cuando ya no queda nadie. Coge su maleta, pequeña como ella, y como el tiempo que va a pasar en lo que ha sido su hogar, y se dirige hacia la salida. Llueve. Una lluvia fina y caliente de mediados de agosto.

No ha avisado a nadie de la hora de su llegada, así que nadie está esperándola en el andén, ni en el vestíbulo de la estación. Sin embargo, en cuanto sus pies pisan la calle, se detiene, sorprendida por un rostro que, surcado por desordenados mechones de cabello mojado, sí que la está esperando. Sus labios finos se curvan en una sonrisa educada, impersonal. Pero sus ojos.

Sus ojos dicen «¿cómo has estado?», «sé que necesitabas irte», «y también sé por qué lo necesitabas», «de todas maneras, me hubiera gustado oírlo de tu boca», «que me hubieras dicho algo», «cualquier cosa», «tal vez, entonces, yo hubiera podido servirte de ayuda», «porque sé que la necesitas», «aunque no sé qué puedo hacer para ayudarte, para acompañarte en el camino», «nunca he sabido cómo hacerlo», «pero lo siento», «siento tanto tu sufrimiento», «ha sido también el mío», «aunque nunca he podido decírtelo», «he tenido siempre tanto miedo», «aún lo tengo», «un miedo que no me deja abrazarte», «ni acariciarte», «y es tal ese miedo que no me permite quererte como sé que te quiero», «sin embargo, a pesar de todo, tienes que perdonarme», «necesito que me perdones», «y que me dejes ser tu madre», «tu mamá», «porque tú eres mi hija», «mi flor de cerezo», «mi pequeña».

Sakura permanece inmóvil. Media docena de metros las separan. Tal vez podrían ser miles de kilómetros. Y solo ellas pueden cruzarlos. Solo ellas pueden decidir si son metros o son kilómetros.

Entonces, Sawako Ochida, con los pequeños pies bien quietos, con las puntas ligeramente hacia dentro, extiende un puente.

—No sabía a qué hora llegabas. Y no he traído paraguas —dice mientras intenta arreglarse los cabellos empapados.

Ella, siempre tan correcta, tan elegante, tan en armonía con el entorno, ahora está allí, en medio de la calle, con el pelo y el vestido empapados, con los zapatos de ante echados a perder. Porque no sabía a qué hora llegaba el tren que traía a su hija de regreso. Porque no ha cogido un paraguas al salir de casa, y el chaparrón de mediados de agosto le ha pillado por sorpresa. Porque ha permanecido inmóvil bajo la lluvia, como un árbol regado por la tormenta. Eterna como una piedra, esperando, ajena a la lluvia, ajena al mundo, esperando. Esperando casi desesperada la aparición del rostro de su hija, un rayo de sol entre las nubes.

Sakura se acerca a su madre. Entonces su madre le ofrece la mano. Una mano que tiembla, al borde del abismo, aterrorizada por ese espacio vacío que necesita llenar, mortificada por la posibilidad del insoportable rechazo.

Y la mano que le ofrece no busca su mano izquierda, que es la que sujeta el asa de la maleta. Busca su mano derecha, el ala herida del pajarillo.

Sakura extiende el brazo, también temblando. Y su madre estrecha con su piel cálida y suave, húmeda por los retales de la lluvia, la mano deforme de su hija. Y ella, su hija, puede sentir, no en los dedos, sino en el corazón, el tacto ligero y anhelado.

Dos lágrimas se mezclan con la lluvia.

Una en el rostro de Sawako.

Otra en las mejillas de Sakura.

Después, madre e hija caminan, bajo la misma lluvia, de vuelta a casa.

Amanecer en Hiroshima

otaro Ochida ya se ha ido a trabajar. Hay cosas que no cambian. Tal vez, puede ser, haya cosas que no deban cambiar. En el horizonte hay altas montañas, escarpadas, y también suaves colinas, y riscos de formas caprichosas. No solo prados suaves, extensos llanos, lisas alfombras de un verde acogedor y monótono.

Sawako Ochida también se marcha. Quería quedarse, pedir un par de días libres en el trabajo para estar con su hija, pero Sakura no se lo ha permitido.

—Además, esta mañana tengo cosas que hacer —le dice.

Su madre lo acepta con resignación.

—Podemos comer juntas. En algún restaurante cerca de tu trabajo. Si te parece bien —añade Sakura.

Y los ojos de Sawako se iluminan. Por supuesto que comerán juntas. Va a llevar a su hija a un restaurante elegante que está muy cerca del Memorial de la Paz. Es un restaurante muy caro, especializado en ostras, y está en un barco, anclado en el río. Nunca ha comido allí, pues es un lugar especial, para acontecimientos señalados. Así que es el sitio idóneo, porque, sin duda, se trata de un acontecimiento señalado.

La madre toma unos segundos las manos de su hija. Y en sus finos labios se dibuja una sonrisa tan ancha como el mar.

Sakura se queda sola en casa. Todavía va a estar en Hiroshima un par de días más, antes de regresar a Tokio. A dar los primeros pasos de lo que va a ser el resto de su vida. Ha dejado definitivamente el instituto. Y no va a ir a ninguna prestigiosa y exclusiva universidad. Porque su camino es otro. Ella y su amiga Aiko han alquilado un pequeño apartamento en las afueras de Tokio. Pagan por él más del doble de lo que tendrían que pagar por dos estudios individuales; pero no les importa. A ninguna de las dos les apetece vivir solas.

Los padres de Aiko están encantados de que su hija salga por fin de casa, de que se relacione y de que no vaya a convertirse en una marginada, una *hikikomori*; así que han accedido a pagar la mitad de los gastos con la mayor de la alegrías. Y Sakura ha encontrado en su madre una inesperada aliada. Ha convencido a su padre de que debían apoyar a su hija en la decisión que había tomado, así que Kotaro Ochida, como ha hecho siempre, paga las facturas religiosamente. De hecho, una vez asumida la decepción de que su hija no vaya a la universidad, ha llegado a verle el lado bueno al nuevo plan. Porque las facturas que ha de pagar van a ser mucho más reducidas. Además, tanto Sakura como Aiko han insistido en buscar un trabajo a tiempo parcial. Nada del otro mundo, pero será suficiente para asumir sus gastos personales y seguir estudiando.

Porque van a seguir estudiando. Aiko, que, sorprendentemente, después de un año de ausencia volvió al instituto para hacer los exámenes finales, se ha matriculado en una pequeña y moderna escuela, especializada en innovación y desarrollo a través de las redes sociales. Y Sakura ha hecho caso al señor Hashizume, y ha decidido que en su mochila no haya más que rotuladores. Por fin ha aceptado ese don que no creía merecer, por fin ha sido capaz de quererse lo suficiente como para intentar hacer realidad sus sueños. Así que, se ha armado de valor, ha llamado a las puertas que había que llamar y, con mucha más facilidad de la que nunca hubiera creído posible, ha visto como publicaban su primera historia en la revista *Jump*. Y, con ella en la mano, ha conseguido el acceso a la prestigiosa y exclusiva escuela de manga de Kazuo Koie. El punto de partida de una vida que siempre se le había antojado demasiado grande, inmensa para alguien tan pequeño e insignificante como ella.

Sakura enciende el ordenador y se conecta.

Lobo solitario: ¿Cómo va la mudanza?

Cachorro: ¡Fatal! Mi hermano ha tenido que hacer tres viajes con su moto. Al final no ha podido coger la furgoneta del trabajo. Y la cosa ha ido a peor. Porque he tenido que pedir la ayuda de los vecinos del apartamento de al lado. ¡Un espanto! Suerte que no hayas estado para verlo. Esos tres chicos, en pantalones cortos, sudando, con sus fibrosos músculos en tensión. Lo dicho, ¡un espanto! Y claro, no he tenido más remedio que invitarles a tomar algo en el apartamento. Ha sido tan horrible que, en cuanto se han ido, he tenido que darme una ducha fría. No sabes lo que me alegro de que tú, una chica tan joven, frágil e indefensa, no hayas tenido que soportarlo. Por suerte, aquí estoy yo, para hacerme cargo de todos los veinteañeros sudorosos que haga falta.

Lobo solitario: ¡Eres una guarra! Y, por cierto, recuerda que solo tengo un año menos que tú, abuela.

Cachorro: Lo dicho, una renacuaja.

Lobo solitario: ¡Ya verás cuando te pille!

Cachorro: ¿Qué vas a hacer? ¿Vas a pintarrajearme con un rotulador? ¿O vas a atacarme con tu monstruosa mano gigante?

Lobo solitario: ¡Cállate ya! ¡O me veré obligada a mencionar tu enorme y grasiento culo!

Cachorro: Siempre será mejor eso a que te «mencione» él a ti.

Lobo solitario: ¡Serás cerda!

Cachorro: Ese lenguaje. No hables así delante de los mayores.

Lobo solitario: No hay quien pueda contigo.

Cachorro: Eso ya deberías saberlo.

Lobo solitario: Ah, se me olvidaba. Cuando vuelva tengo que contarte una cosa.

Cachorro: ¿Importante?

Lobo solitario: Sí.

Cachorro: ¡Pues cuéntamela ahora mismo!

Lobo solitario: Cuando vuelva.

Cachorro: Dime al menos de qué va la cosa.

Lobo solitario: ... Vale, pesada. Es sobre mi madre.

Cachorro: ¿No será algo malo?

Lobo solitario: Para nada.

Cachorro: Bien. Pues esperaré mordiéndome las uñas.

Lobo solitario: Deja alguna para cuando llegue yo.

Cachorro: ¡Eh! Parece que vas aprendiendo.

Lobo solitario: Tengo una buena maestra.

Cachorro: ¡Y que lo digas!

Lobo solitario: Bueno, te dejo, que tengo mucho que hacer.

Cachorro: De acuerdo. Nos vemos pronto.

Lobo solitario: Besitos.

Cachorro: Besitos también para ti... Renacuaja.

Lobo solitario: ¡Zorra!

Cachorro: ¡JA, JA, JA!

Sakura coge la mochila de encima de la cama y sale a la calle.
Es todavía muy temprano, y los oficinistas alargan sus pasos
calzados de prisas en las aceras atestadas. El sol se despereza,
quitándose el traje de amanecer, con los rayos ya en el cenit, en
su sillón, o poltrona, o mejor trono, del mediodía.

Sakura camina despacio, a contracorriente, como casi
siempre, hacia un pequeño callejón, oculto de los ajetreos de
la calle Hondori. Allí, en el antes solitario callejón, se yer-
guen las grúas altas, las vigas atravesando, hiriendo la tierra. Ni un resto del muro de hormigón, ni del huerto, ni de la
casucha del señor Hashizume.

El señor Hashizume, para todos el señor Utada, ese loco
que había vivido casi setenta años de espaldas al mundo, de
espaldas al progreso, empeñado en mantener un ridículo
sembrado en medio de la urbe implacable, murió tres días
después de haber salvado a un chica perdida de entre las
sombras, de la muerte. Murió tres días después de haber
vuelto a la vida, tres días después de haber saboreado de
nuevo el suculento *okonomiyaki,* al estilo de Hiroshima, por
supuesto, el mejor de toda la región de Chugoku. Murió sentado en un banco del Parque de la Paz, el lugar sobre el que,
casi setenta años atrás, había explotado la bomba. Murió
vestido con su vieja chaqueta militar, con la raída camiseta
antinuclear, con los vaqueros, remiendo sobre remiendo, cal-
zado con las sandalias que eran ya casi un apéndice de los
ásperos pies desnudos. Murió sonriendo, con los ojos bañados por el anaranjado velo que teñía de amanecer el cielo de
Hiroshima.

Sakura regresa a casa, dejando atrás los restos del huerto del señor Hashizume. La tierra ya ha comenzado a olvidar, y poco a poco borra de su memoria el recuerdo de un chico frente a una sombra. De un anciano siempre frente a una sombra. Tiempo después, cuando ya haya olvidado eso, esa tierra olvidará también el aroma fresco de los pepinos, de la cosecha de pepinos del señor Comandante, que cuidaba y vigilaba con la más absoluta diligencia el viejo señor Utada.

Sin embargo, cuando la noche se retire, recogiendo la sombra y las penumbras, guardándolas en el armario por unas cuantas horas largas, regresará, día tras día, el manto anaranjado que anuncia el amanecer. El mismo amanecer que se llevó, para siempre prendido del alma, Ichiro Hashizume. Un nuevo amanecer en Hiroshima.

Un soleado y dulce día de difuntos

Sakura ha regresado a Tokio, después de pasar unos días en Hiroshima, en casa con sus padres. Su madre, que, rompiendo todas las barreras, se ha despedido con un fuerte abrazo, amplio e interminable, ha insistido mucho para que pasase el día de fiesta con ellos. Sin embargo Sakura se ha mantenido firme. Es quince de agosto, el día de difuntos, y tiene asuntos de los que ocuparse. Asuntos inaplazables. Su madre, encogiéndose de hombros, ha acatado la decisión de su hija. Una hija a la que ha recuperado dejándola marchar. Ayudándola a hacerlo, apoyándola.

Sakura está frente al edificio donde se encuentra su nuevo apartamento. El que va a ser su hogar. No ha querido avisar a Aiko, porque antes de subir tiene algo que hacer.

En silencio, va a la parte de atrás del edificio. Hay un pequeño y tranquilo jardín comunal, que pueden disfrutar los inquilinos del edificio. No son más que seis apartamentos, ya que no se trata de una construcción muy grande.

El jardín es fresco y agradable. El suelo está, en su mayor parte, cubierto de gravilla oscura, aunque, en los dos extremos laterales, hay sitio para dos pequeñas zonas verdes. En cada una de ellas crece un árbol. El del lado izquierdo es un *ginkgo*. Y el del lado derecho es un cerezo.

Sakura se dirige hacia el cerezo. Ha dejado la maleta sobre la gravilla pero, colgada al hombro, lleva la mochila. Se arrodilla sobre la hierba ceremoniosamente, dejando un pequeño espacio entre sus piernas y el lugar en el que las raíces del cerezo se hunden en la tierra. Descuelga la mochila del hombro y la deposita en el suelo. La abre con cuidado y, también con cuidado, saca de su interior tres tablillas de madera. Con delicadeza, las hunde en la tierra, la una junto a las otras. En ellas hay escritas palabras de luto.

Luto por Masuji Utada. El chico al que se llevó la bomba, no dejando de él más que una sombra dibujada sobre un muro de hormigón.

Luto por Ichiro Hashizume. El chico que veló el recuerdo de su amigo durante setenta años. El hombre que finalmente supo perdonarse. El anciano que murió contemplando las primeras luces del alba.

Luto por la mano derecha de Sakura Ochida. Muerta antes de nacer. Extremidad inservible. Rama seca del cerezo.

Busca de nuevo en el interior de la mochila y saca una pequeña pala metálica. Con decisión excava un agujero no demasiado profundo junto a las tres tablillas funerarias. Cuando considera que el trabajo está terminado, vuelve otra vez a la mochila y extrae un bulto, del tamaño de un melón pequeño, que está envuelto en una tela blanca.

Kotaro Ochida ha seguido al pie de la letra las instrucciones que su hija le había dado a su mujer. Aunque era incapaz de entender nada. Sin embargo, obediente, recorrió el muro, recién derribado por los operarios, y, entre los escombros, encontró lo que le habían encargado encontrar. Lo miró con extrañeza, pues no lograba comprender para qué demonios podía querer Sakura aquel pedazo de hormigón.

Sakura desenvuelve el bulto y, durante unos segundos, lo sostiene frente a sus ojos. No está completo, pero es suficiente. Así que, con delicadeza, lo deposita junto a las tres tablillas de madera. Después, saca de la mochila una botella de agua. Es un agua normal y corriente, agua embotellada que ha comprado en la estación de Hiroshima. Entonces, con sumo cuidado, vierte el agua sobre el trozo de hormigón. Y el agua moja la superficie gris, y la sombra que hay impresa, y los trazos de rotulador rojo, incompletas gafas redondas e incompleto bigote, enorme y estrafalario.

Sakura reza en silencio una plegaria, y enciende el incienso, que también guardaba en la mochila. Después, con la ayuda de la pala, entierra el trozo de hormigón. El escombro de un recuerdo, de unas vidas truncadas por un resplandor blanco y brillante.

Antes de irse, de reincorporarse a su recién estrenada vida, se levanta, abre la mochila y la alza hacia el cielo.

—Lo ves. Ya no hay más que rotuladores.

Ahora ya puede subir a su apartamento. Aunque aún tiene algo más que hacer.

Suena el timbre de la puerta. Es el hombre de la empresa de recogidas.

—¿Nombre del destinatario? —pregunta, dispuesto a marcar los datos en la tableta electrónica.

—Watanabe. Tetsuo.

Después, Sakura le da la dirección.

—¿Población?

—Fukushima.

—Muy bien. Pues ya está todo. Buenas tardes —se despide, alejándose con el paquete que Sakura le acaba de entregar.

Se trata de la revista *Jump*. Allí está publicada la primera entrega del que seguro será el primero de muchos trabajos en el mundo del manga.

Y Sakura está segura de que a Tetsuo va a gustarle esa historia.

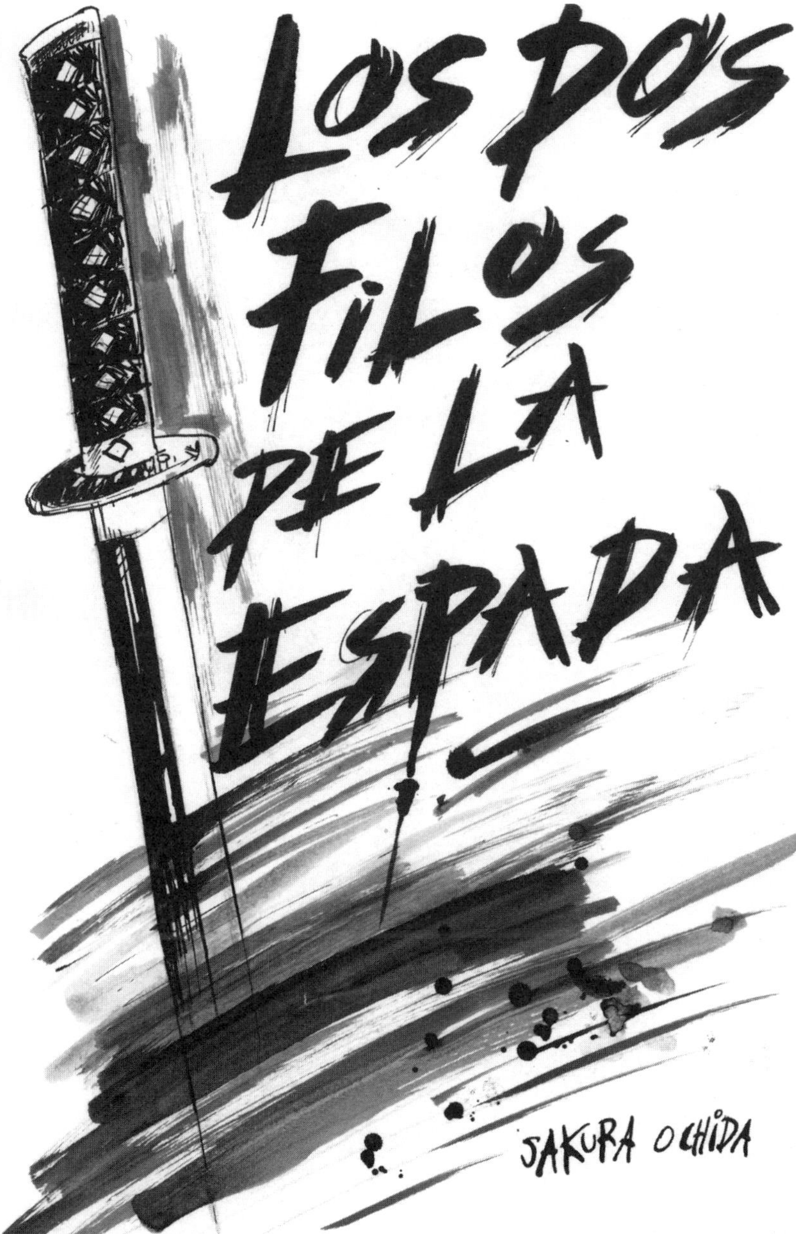
LOS DOS FILOS DE LA ESPADA
SAKURA OCHIDA

SAIKO OKAWA, HIJA DEL SEÑOR DE LA GUERRA TOKOMARU OKAWA, HA TOMADO LA ESPADA DE SU PADRE...

...Y CON ELLA VA A ENFRENTARSE A UN ENEMIGO MUY CERCANO.

UN ENEMIGO DE SU PROPIA SANGRE DE SU PROPIA CARNE, DE SU PROPIA PIEL UN ENEMIGO DE SU PROPIO CUERPO

UN ENEMIGO CONTRA EL QUE YA NO ES CAPAZ DE CONTINUAR LUCHANDO.

SERÁ TAN SOLO UN INSTANTE. LA AFILADA HOJA HARÁ SU TRABAJO, Y TODO HABRÁ TERMINADO. NO HABRÁ MÁS VERGÜENZA, NO HABRÁ MÁS DOLOR. SIMPLEMENTE, SE TRATA DE ESPERAR A QUE LA SANGRE FLUYA Y ABANDONE PARA SIEMPRE EL CUERPO DE SAIKO. ENTONCES HABRÁ LLEGADO LA PAZ. HABRÁ LLEGADO LA MUERTE.

¿Y NO CREES QUE PODRÍAS EMPLEAR ESE VALOR Y ESA MAESTRÍA CON LA ESPADA EN ALGO MEJOR QUE EN PONERLE FIN A TU PROPIA VIDA?

NO MUY LEJOS DE AQUÍ HAY UN NIÑO QUE NECESITA AYUDA. LE VENDRÍAN MUY BIEN TU VALOR, TU ESPADA E, INCLUSO, UN POCO DE TU ARROGANCIA...

...Y SI DESPUÉS DE AYUDARLO CONSIDERAS QUE NO HA MERECIDO LA PENA, SIEMPRE PUEDES RETOMAR TUS ANTIGUOS PLANES.

??

SAIKO NO SABE QUÉ DECIR. SIN EMBARGO, UNAS PALABRAS DE LAS QUE NO SE SIENTE DUEÑA ESCAPAN DE SU BOCA...

SAIKO CONTEMPLA COMO EL ANCIANO SE MARCHA. Y AHORA, SOLA, TIENE QUE ELEGIR.

Y ELIGE.

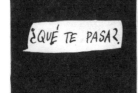

¿QUÉ TE PASA?

(CONTINUARÁ...)

FIN